任彤 周曉陸 編釋

陳師曾印譜

阿敏署

中國書店

敦煌琵琶譜

饒 題

西國大方

下册目録

一 拙修所臧（藏） 鼎父 鼎父
二 静居士 静厂供養
三 沙濟富察氏所臧（藏）書籍 槐堂女弟子 按曲三郎
四 春綺 徐世襄字君彦長壽年 君庸 紹芝
五 程康之印 十髮翁 研穀 爛柯舊客
六 肇夔 孝起陳止 路孝植印
七 老敹（養） 許坡墨緣 楊千里 梅蘭芳
八 熊希齡印 秉三日利 王德溥印 胡璧城印
九 何賓笙印 青羊君 鴻寶私印 王大章
一〇 孫氏白（伯）子 孫 壯
一一 孫壯 大壯 壯
一二 喬曾劬印 江都董氏 黄國巽印
一三 阿灊大利 潛（潛）盦 樂潛（潛）翁
一四 石工 壽鉢 壽鉢私印 金石壽
一五 壽石工鉢 姚華 老芒 重光
一六 茫公 朱方何生
一七 何墨之印 秋江 秋江无（無）恙 秋江手拓
一八 姚紀之印 白（伯）綱 許卓然印 許卓然
一九 修直 修直攷（考）臧（藏） 啟（啓）超長壽
二〇 新會梁氏伯子 新會梁啟（啓）超印 任公四十五歲目後所乍（作） 楊昭儁之章
二一 楊昭儁 楊叔子 林長民印 長民
二二 宗孟 宗孟 三月司寇
二三 老萍之詩 霄鳳 凌霄鳳
二四 海陵凌氏 凌文淵印 凌 文淵
二五 文淵 淵 文淵植支 植支
二六 植支 直支 順德羅惇㬊之印章 羅惇㬊印
二七 惇㬊 羅氏復堪 羅惇㬊 復盦
二八 復闇所得 復闇四十後所乍（作） 復广臨本 復厂
二九 復翁 老復丁 會稽周氏 會稽周氏收臧（藏）
三〇 李息之印 蕭俊賢
三一 頭白周郎 頭白周郎 湘潭周氏桂堂之圖記
三二 印昆 印昆秘玩 周印昆臧（藏） 印昆宷（審）定
三三 周印昆讀碑記 周氏印昆金石文字 湘潭周印昆鑑賞印
三四 大烈所臧（藏）金石書画（畫）
三五 周大烈所臧（藏）金石刻辭（辭） 周大烈印 周大烈字印昆
三六 周氏大烈 周氏大烈 大烈之印 湘潭周氏
三七 某（梅）未 某（梅）未長壽 豫章陳氏 修水陳人
三八 感靈嫣以受姓 陳慶佑印 陳任中印

三八 散原 陳三立印 陳三立印 三立
三九 陳㱙(朽) 陳㱙(朽) 㱙(朽)記
四〇 㱙(朽)者 槐堂㱙(朽)者 㱙(朽)者
四一 㱙(朽)者 㱙(朽) 㱙(朽)道人 㱙(朽)衜(道)人
四二 㱙(朽)道人 㱙(朽)衍(道)人 㱙(朽)衜(道)人 師曾自號㱙(朽)
四三 義寧陳衡恪之印章 衡衡
四四 陳衡恪字師曾 陳衡恪 陳衡恪
四五 修水陳衡恪 陳衡恪 陳衡恪印
四六 陳衡恪印 陳衡恪印 陳衡恪印 陳衡恪印
四七 陳衡恪印 陳衡恪印 衡恪 衡客之印
四八 衡恪之印 衡恪私印 陳衡之印 義寧陳衡章
四九 陳衡大利 客子常畏人 陳師曾 陳師曾
五〇 師子尊者 師子獨行 師曾无(無)恙 師曾過眼
五一 師曾近況 師曾畫佛之記
五二 陳師曾所臧(藏)金石書画(畫) 師曾長年 陳師曾辛亥㠯後之乍(作)
五三 師曾 師曾小詩 師曾
五四 陳迹 師曾 師曾 師
五五 師曾 㠯(師)曾 師曾 師曾
五六 師曾 師曾 師曾 師曾
五七 師曾 師曾 師曾 師曾
五八 師曾 師曾 師曾 師曾之友
五九 師曾 師曾
六〇 師曾 師曾

拙修所臧（藏）

鼎父　鼎父

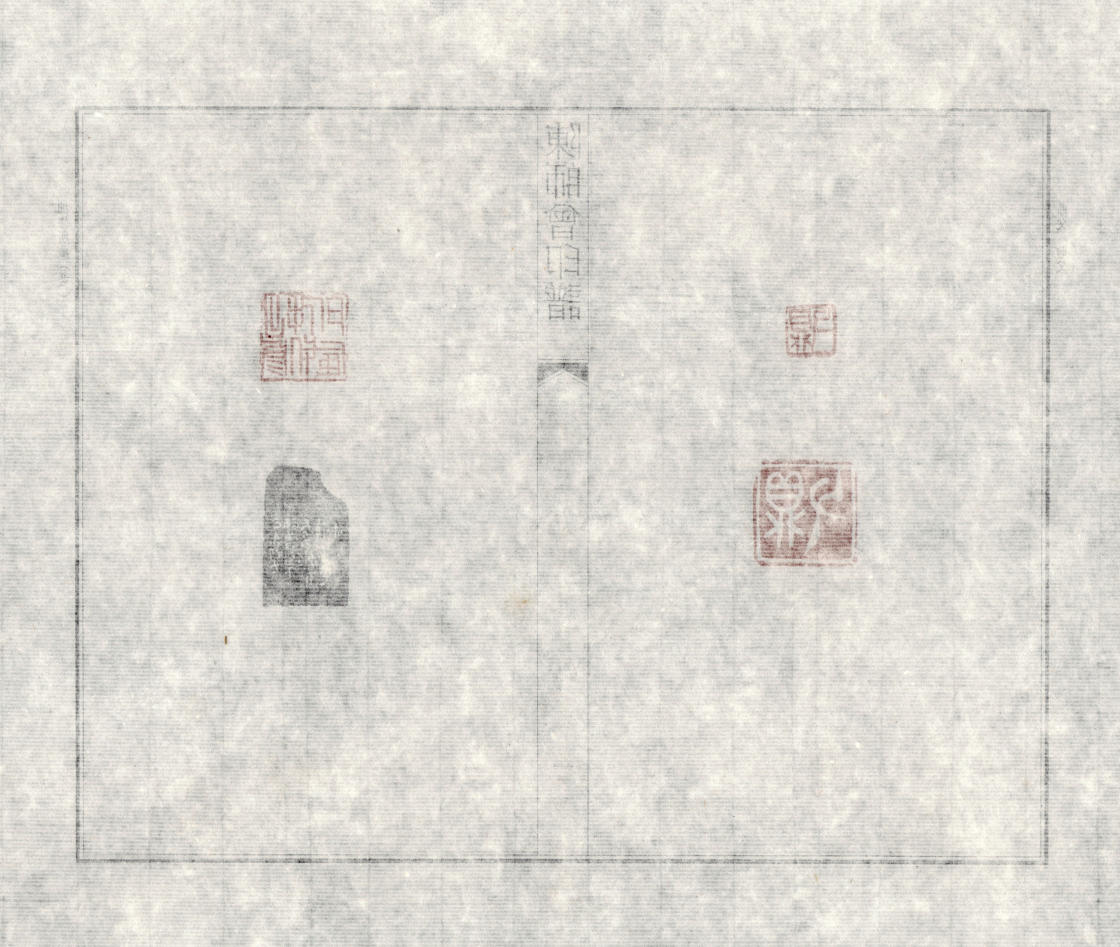

東湖曾氏譜

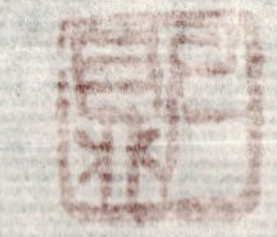

静居士

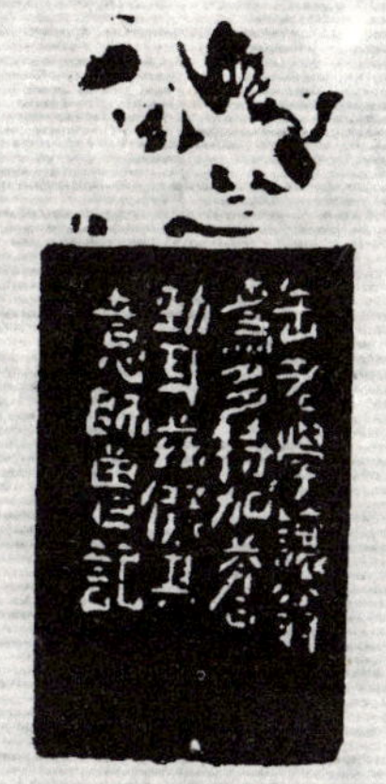

静厂供養

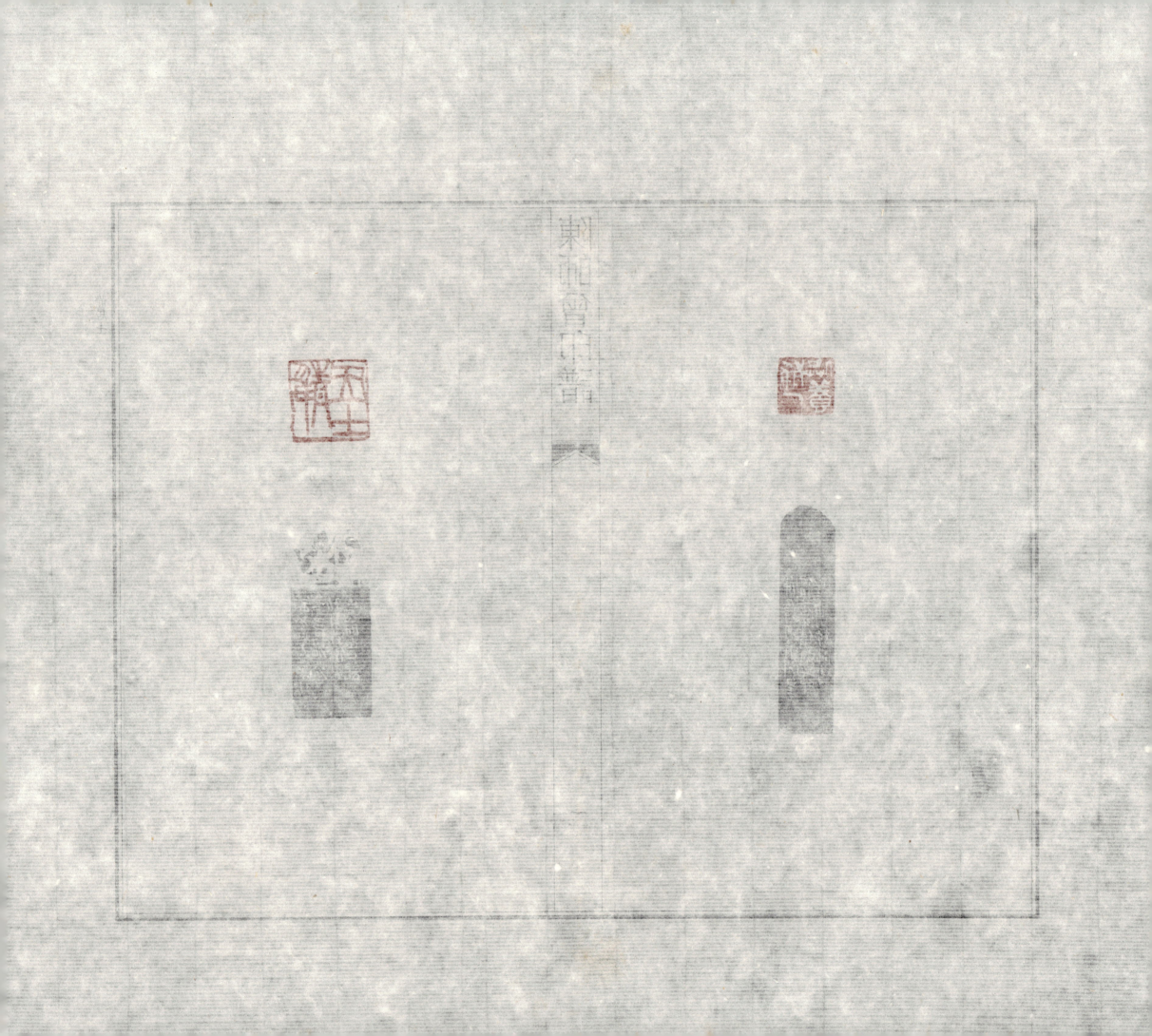

沙濟富寮氏所臧（藏）書籍

槐堂女弟子

按曲三郎

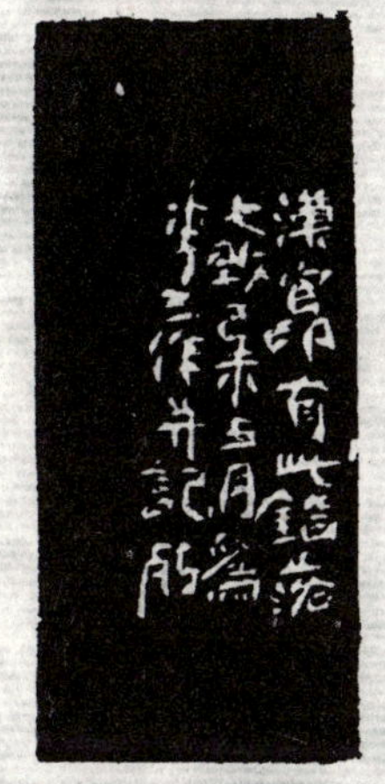

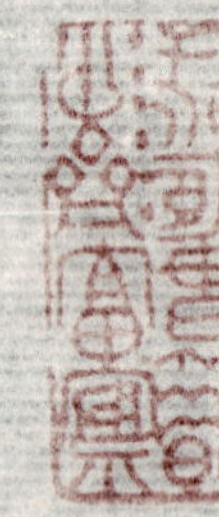

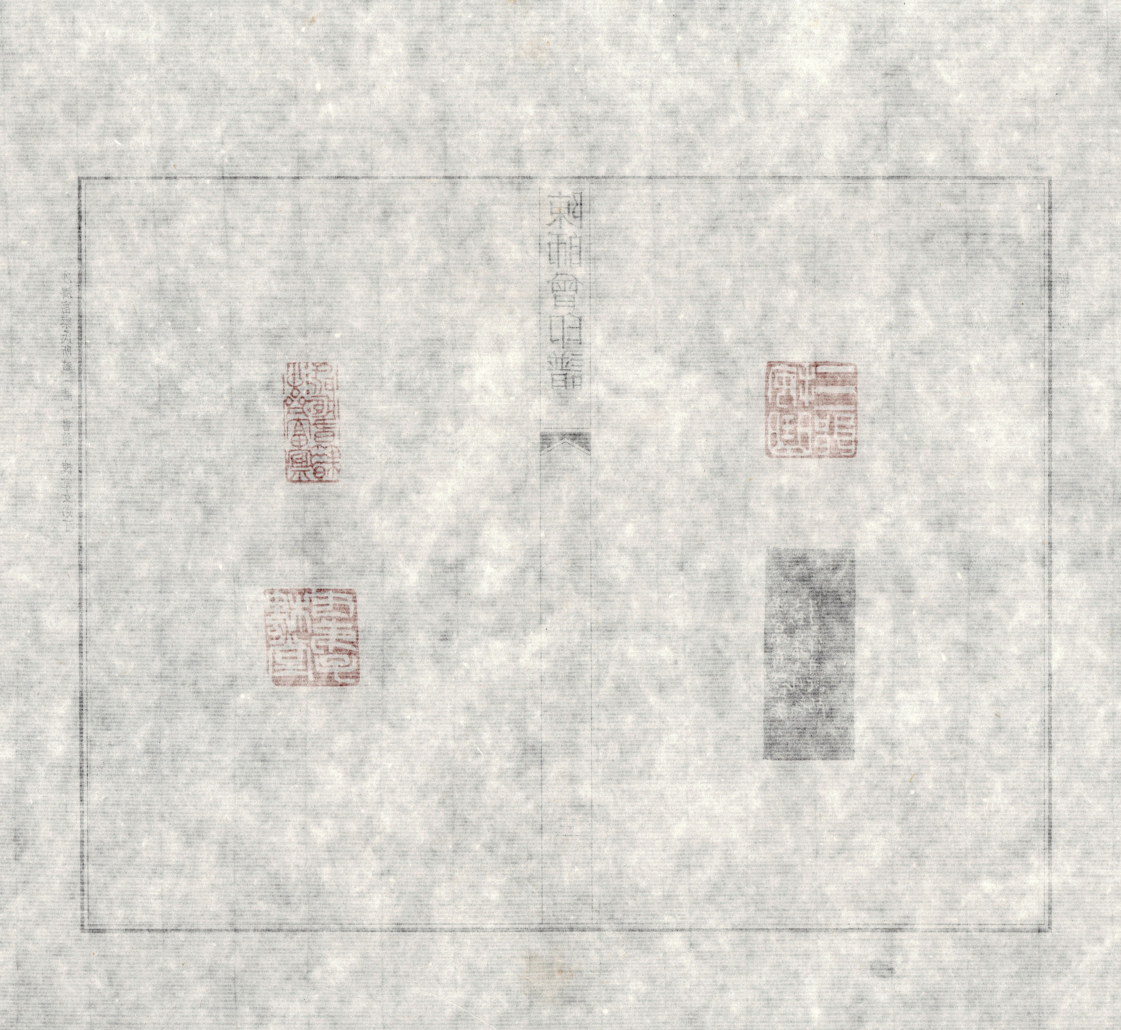

春綺　徐世襄字君彦長壽年

君庸　紹芝

程康之印　十髮翁

研穀　爛柯舊客

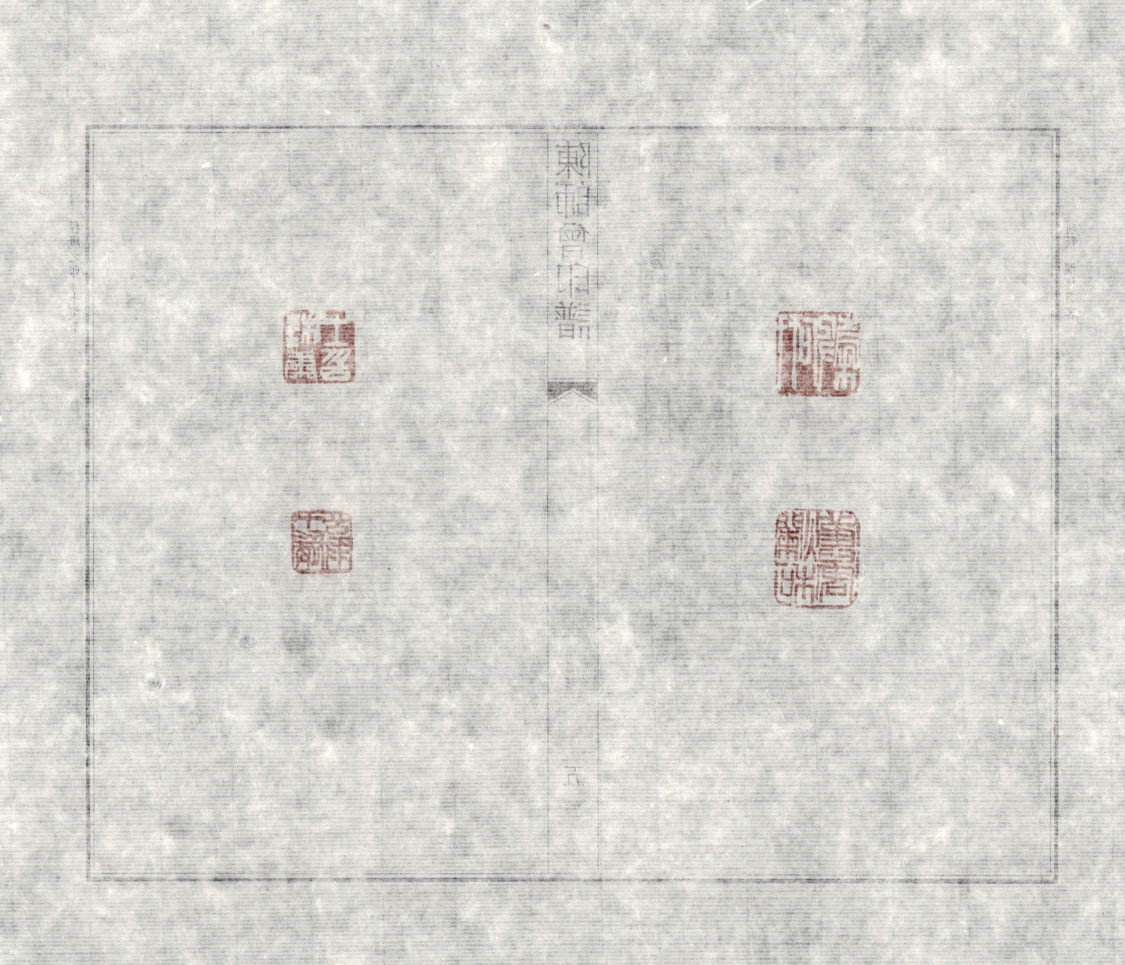

肇夔　孝起陳止

路孝植印

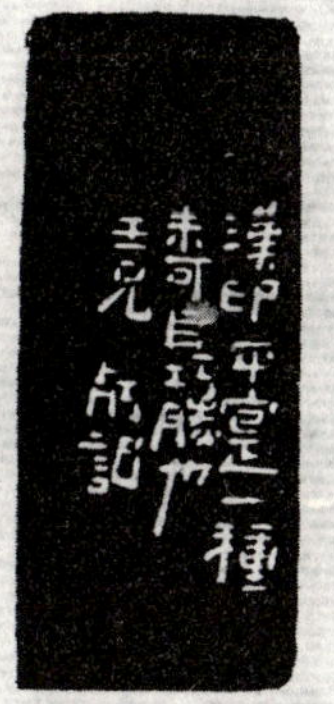

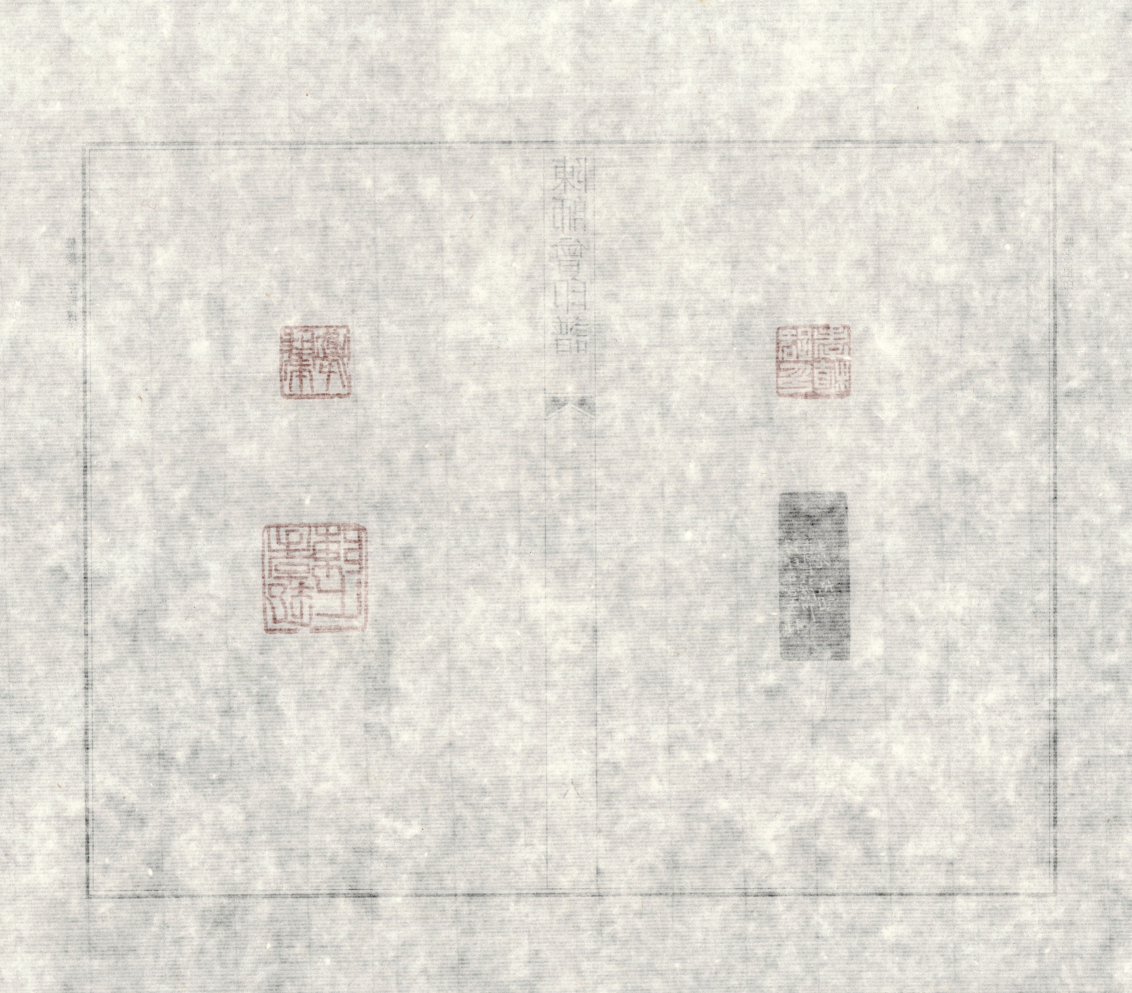

老敫（養）

許坡墨緣

楊千里

梅蘭芳

熊希齡印　秉三日利

王德溥印　胡璧城印

何賓笙印　青羊君

鴻寶私印　王大章

孫氏白（伯）子

孫壯

孫壯

大壯

壯

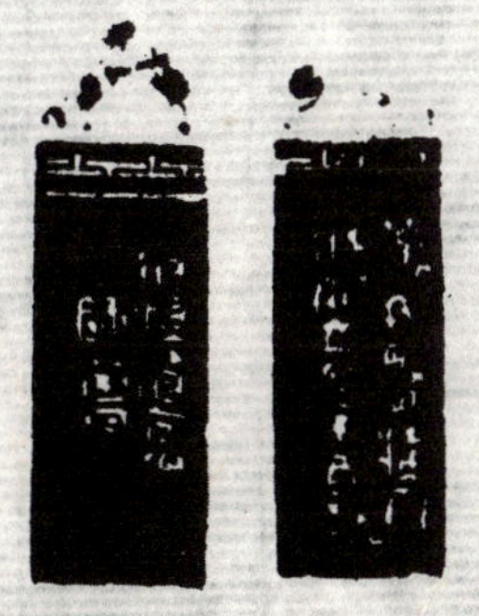

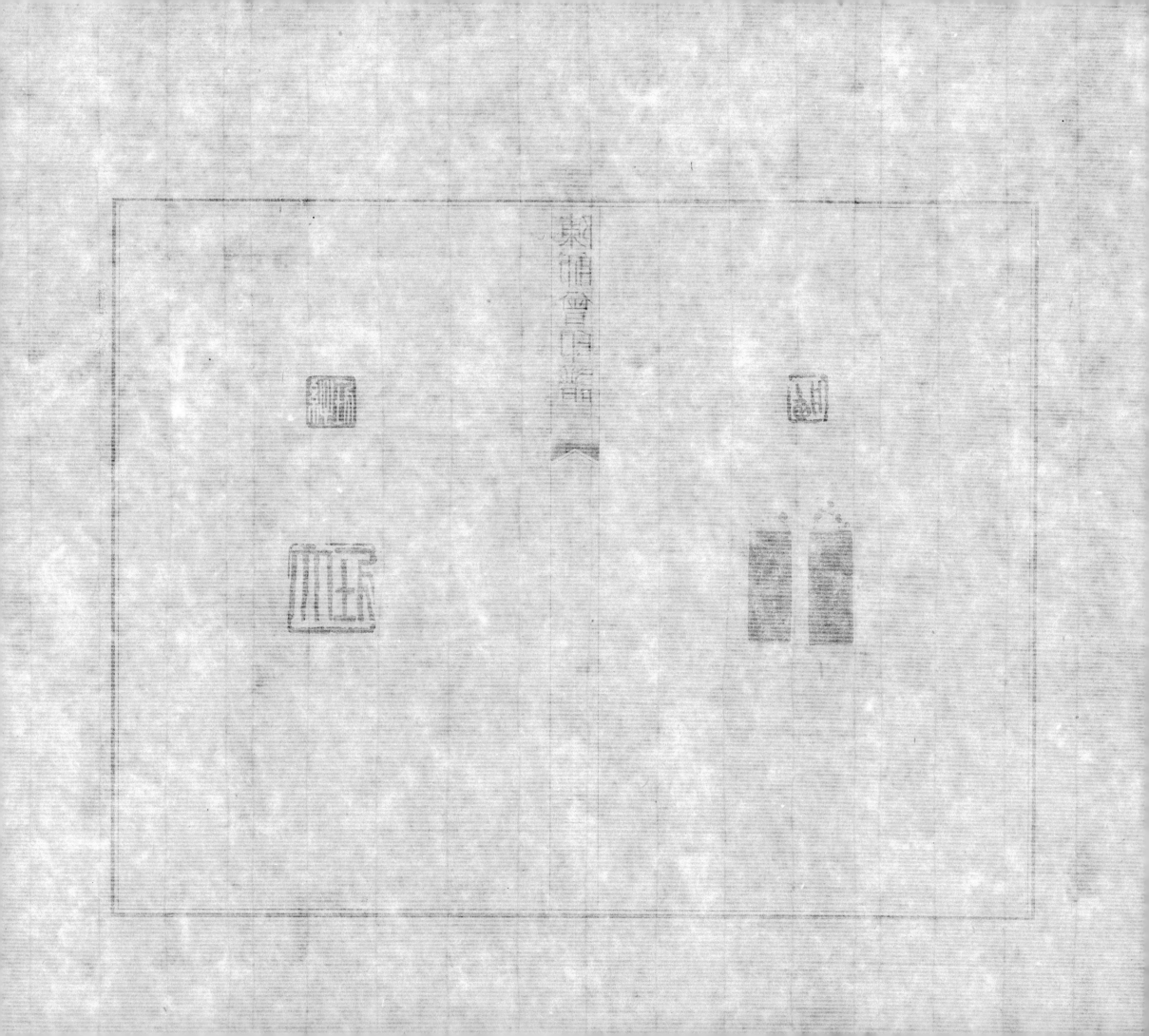

喬曾劬印

江都董氏

黃國巽印

阿潛大利

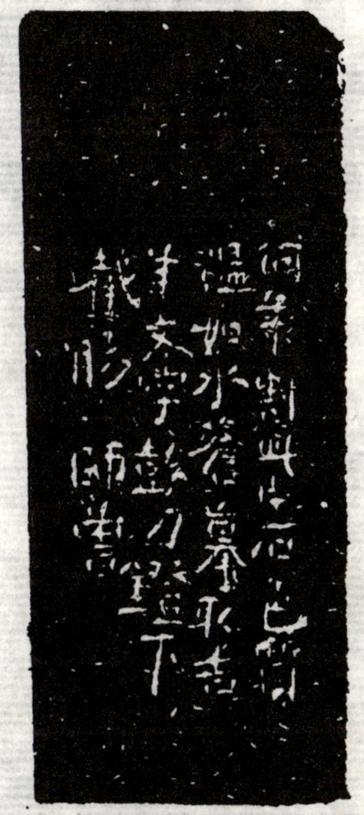

潛（潛）盦　樂潛（潛）翁

石工　壽鉢

壽鉢私印　金石壽

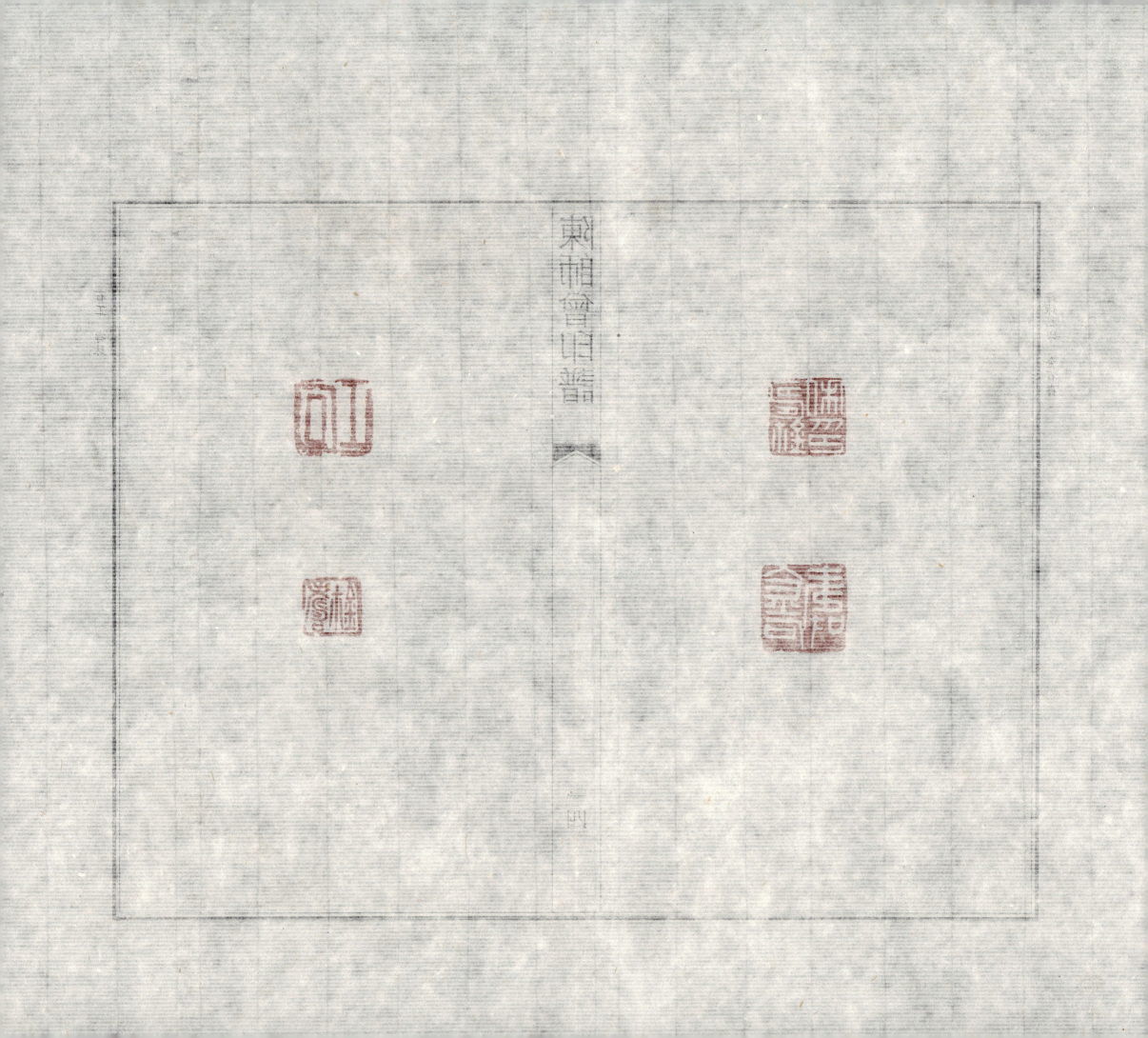

東湖會印譜

四

壽石工鉥

姚華

老芒

重光

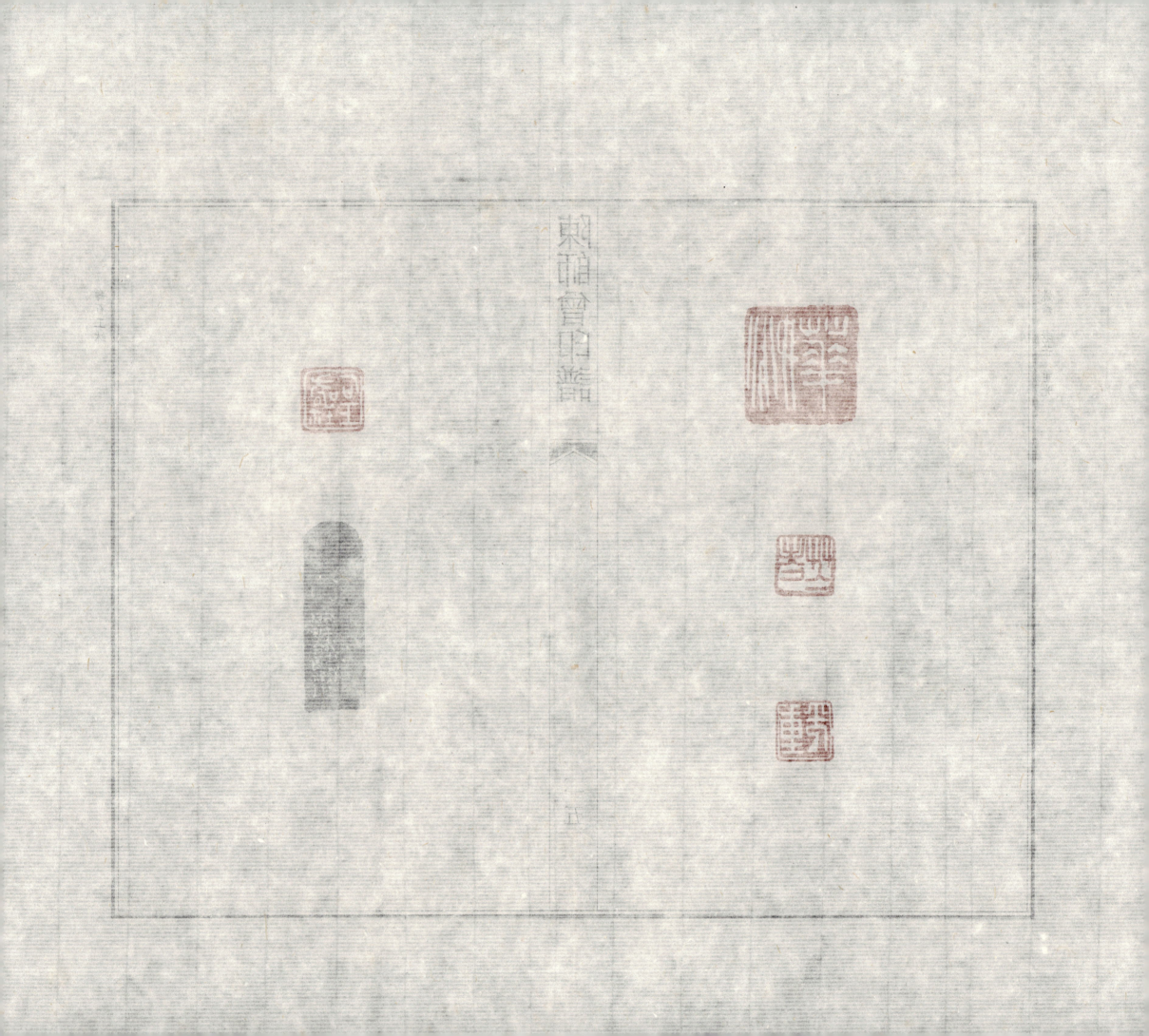

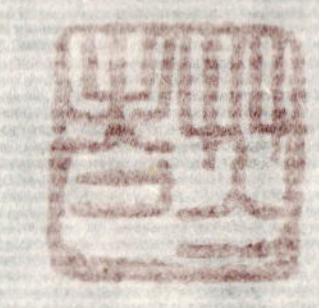

茫公

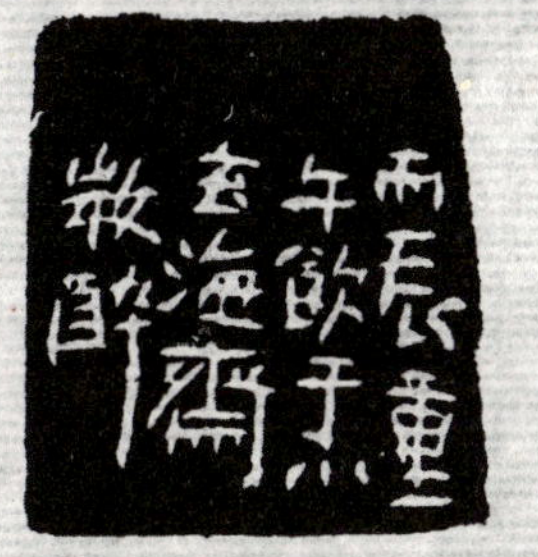

朱方何生

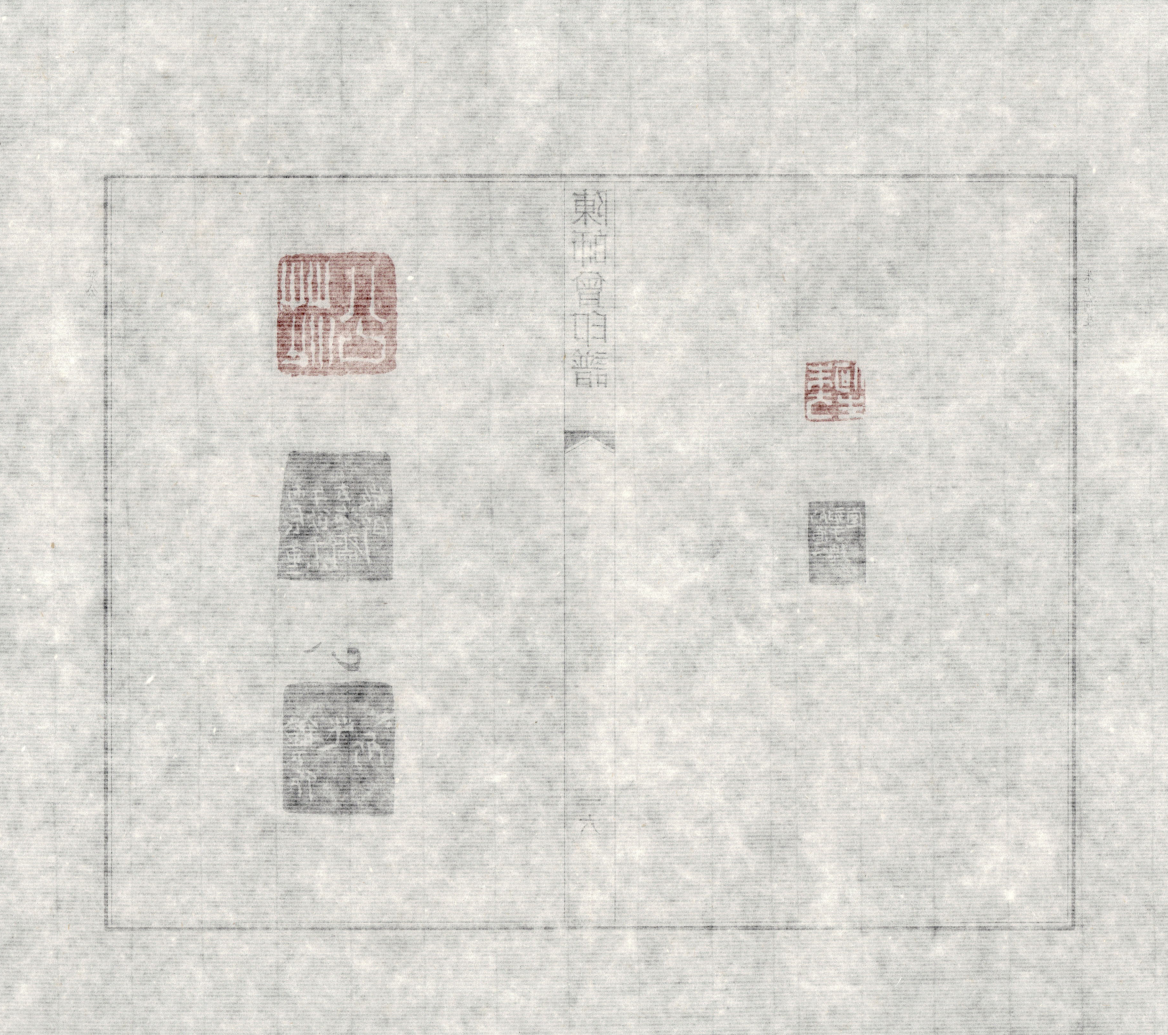

何墨之印　秋江

秋江无（無）恙　秋江手拓

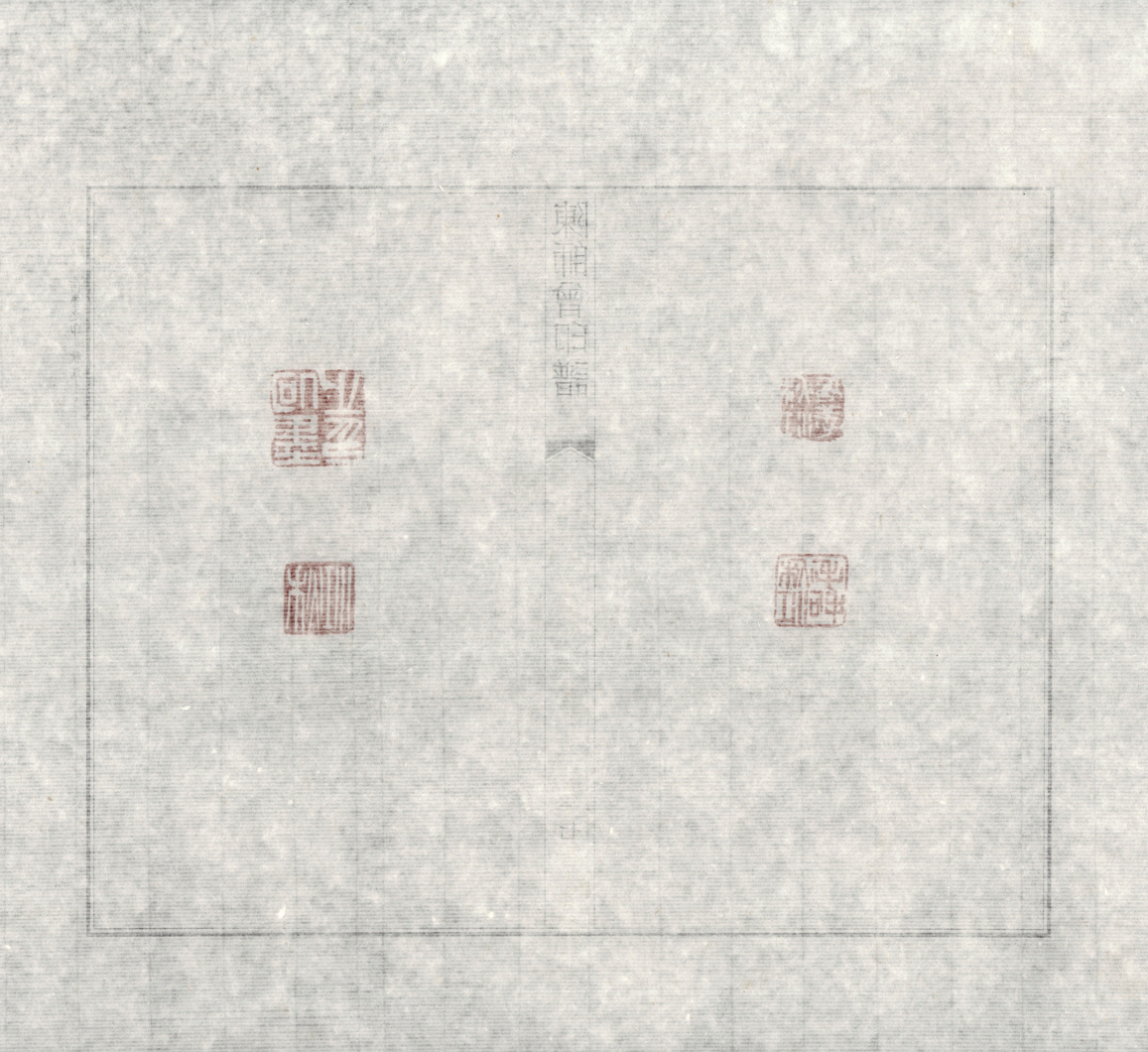

姚紀之印　白（伯）綱

許卓然印　許卓然

東館會印譜

修直　修直攷（考）臧（藏）

啟（啓）超長壽

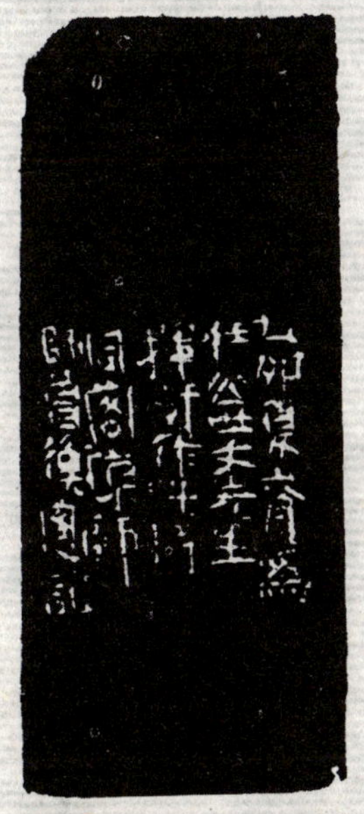

新會梁氏伯子　新會梁啟（啓）超印　任公四十五歲旦後所乍（作）

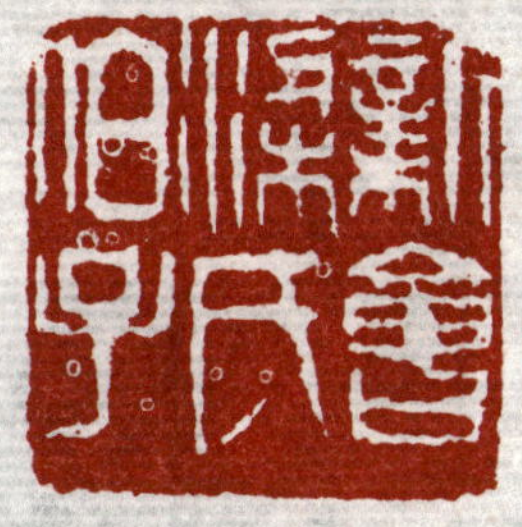

楊昭儁之章

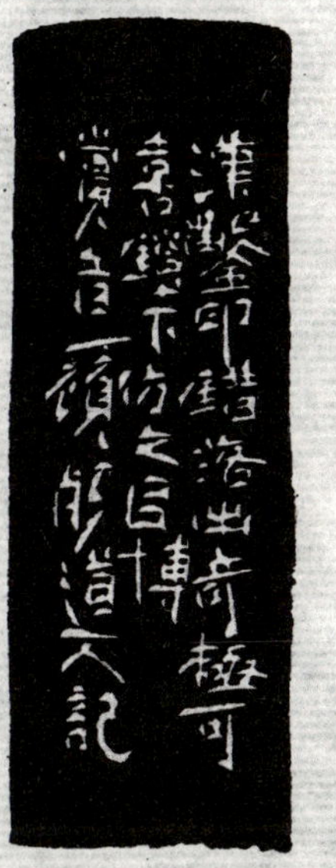

東胡會印譜　天　一○

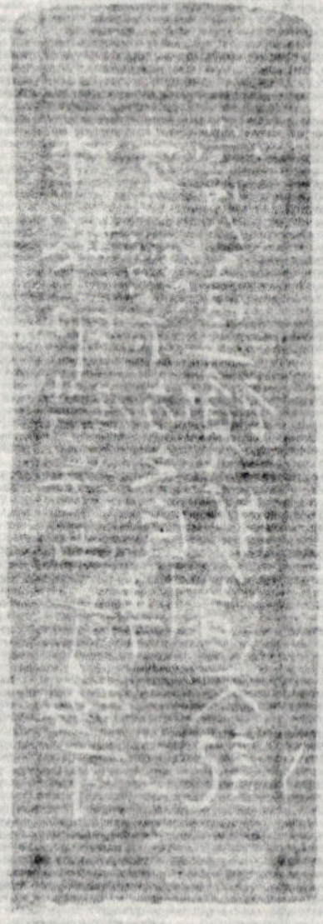

楊昭儁　楊叔子

林長民印　長民

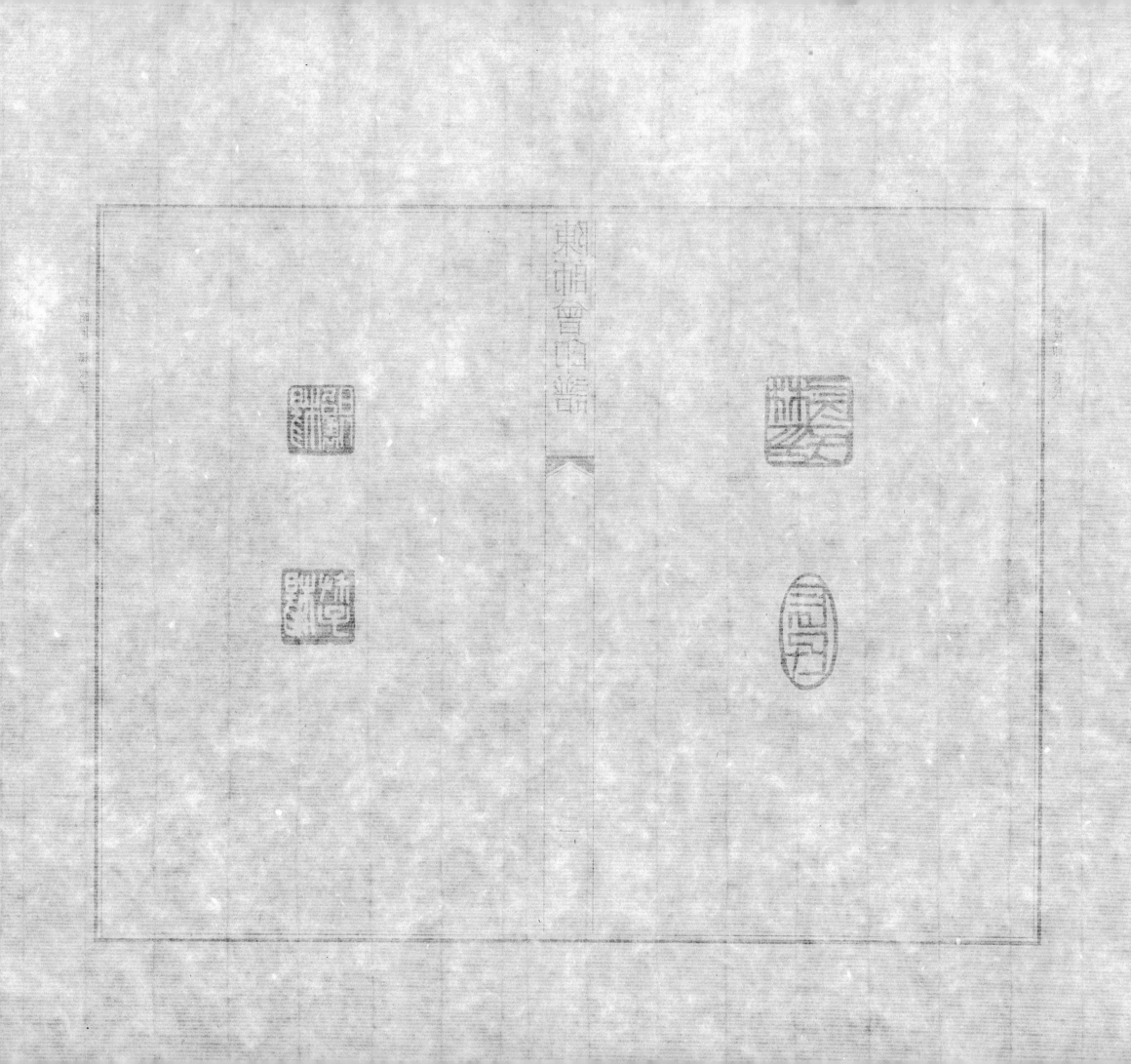

宗孟

宗孟

三月司寇

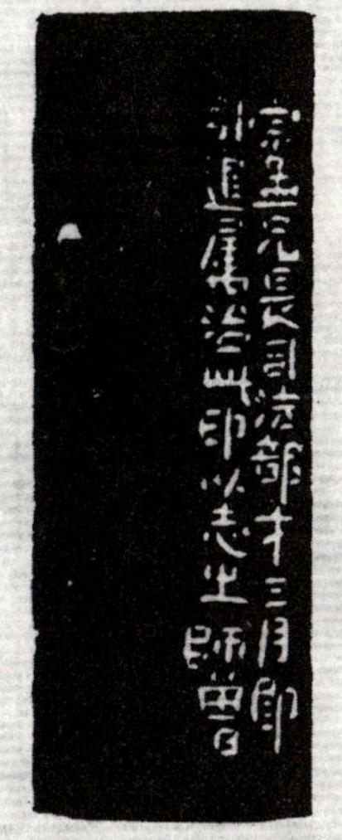

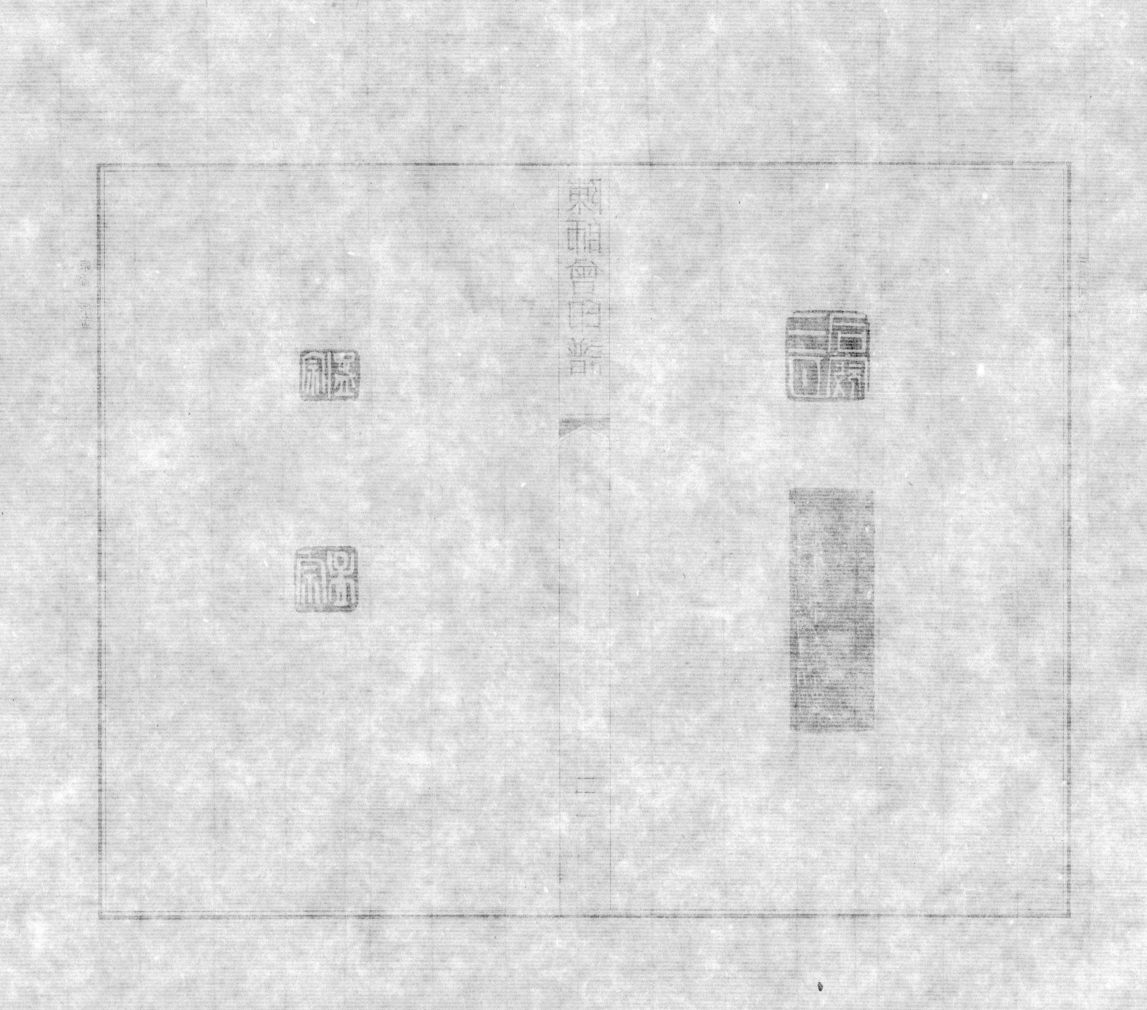

老萍之詩

霄鳳

凌霄鳳

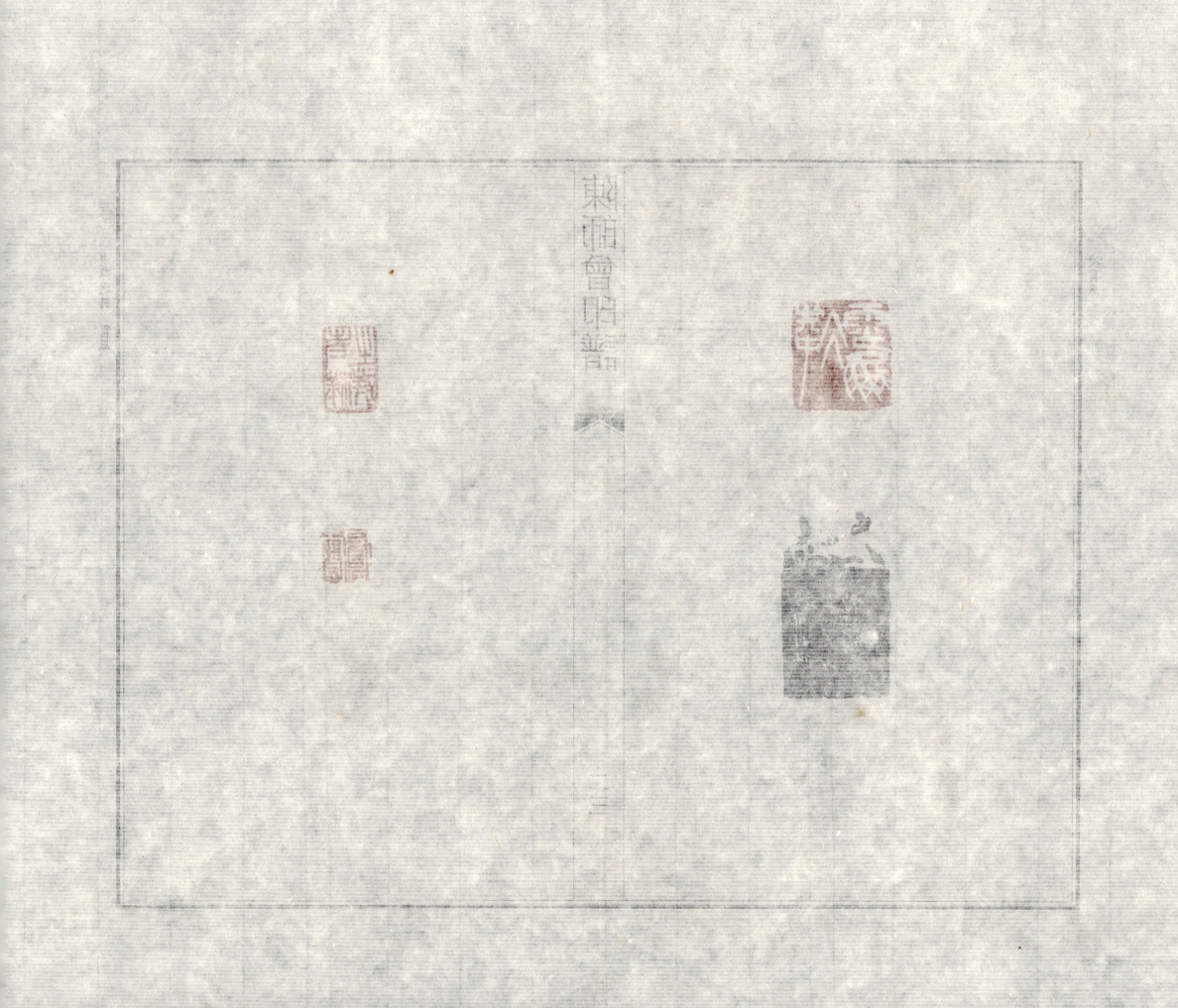

海陵凌氏　凌文淵印

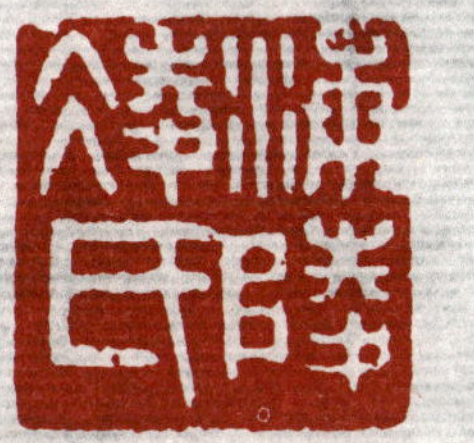

凌　文淵

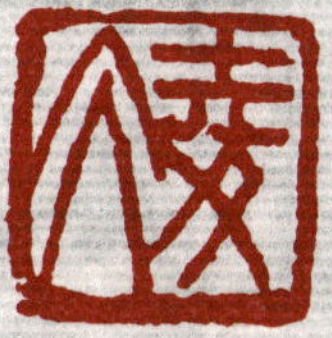

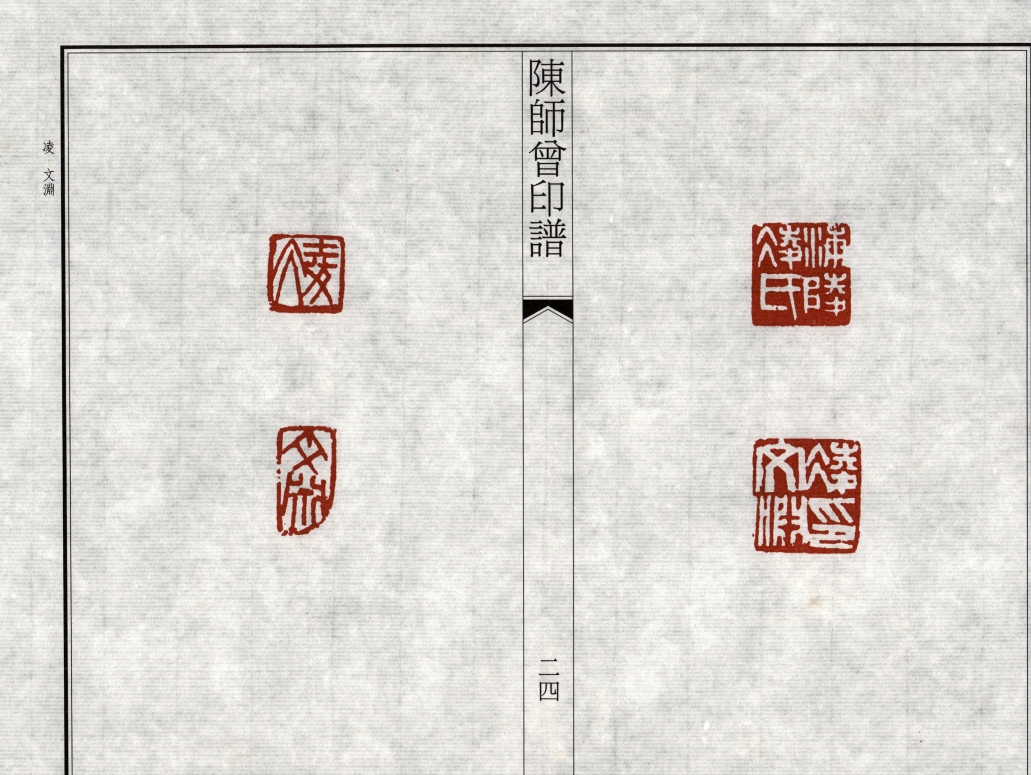

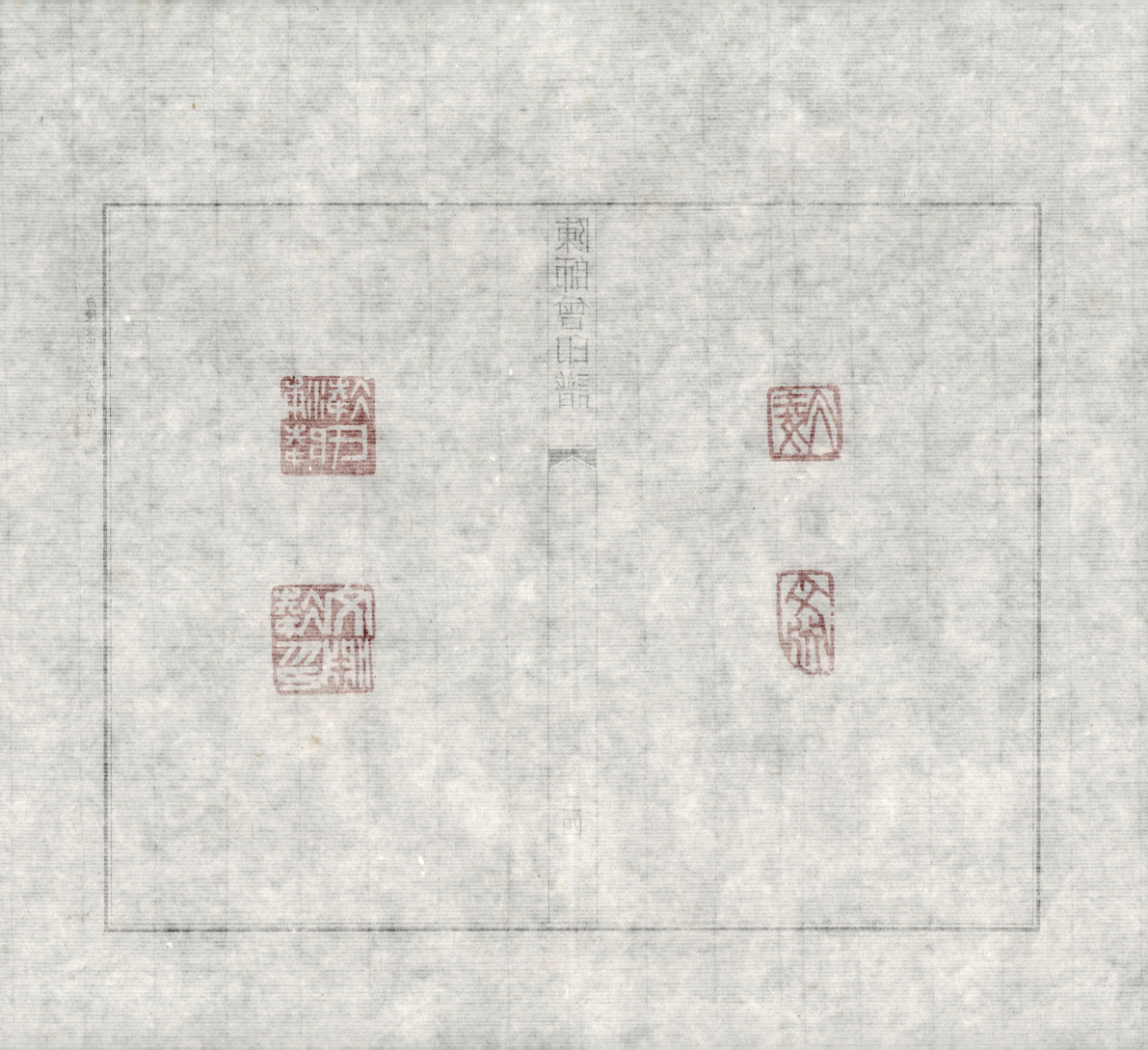

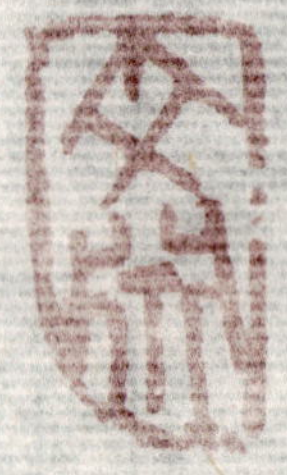

文淵 淵

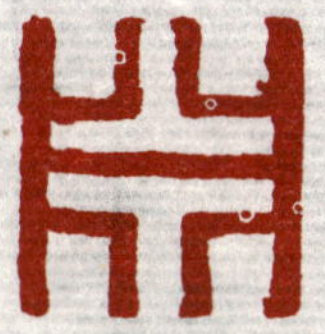

文淵植支 植支

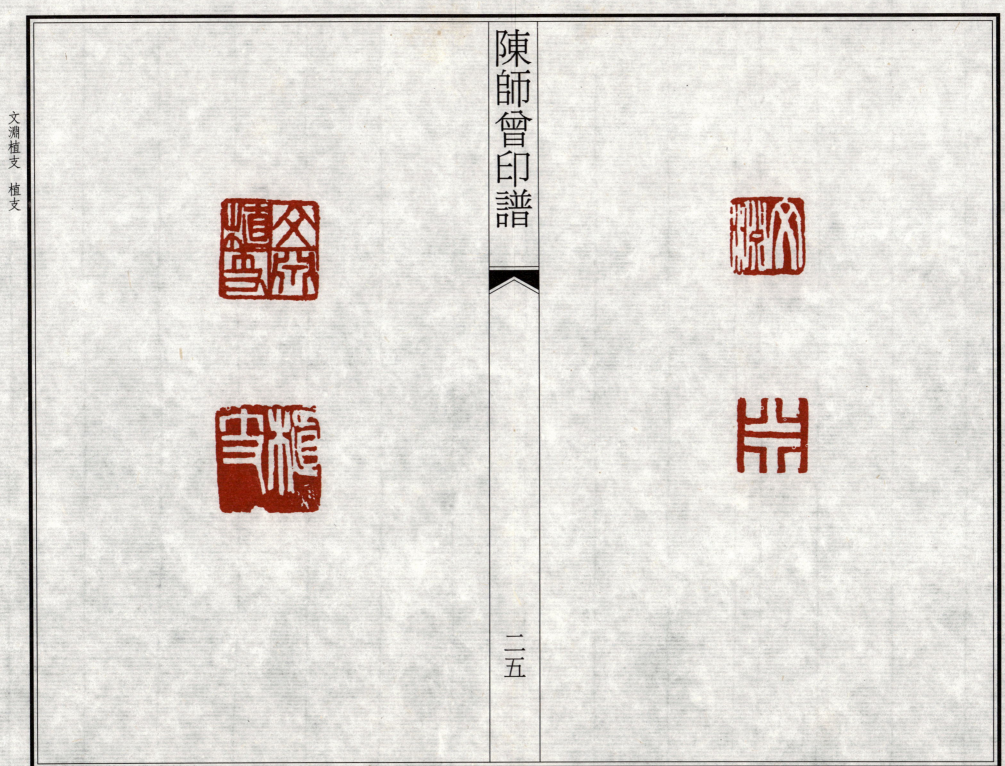

植支　直支

順德羅惇㬊之印章　羅惇㬊印

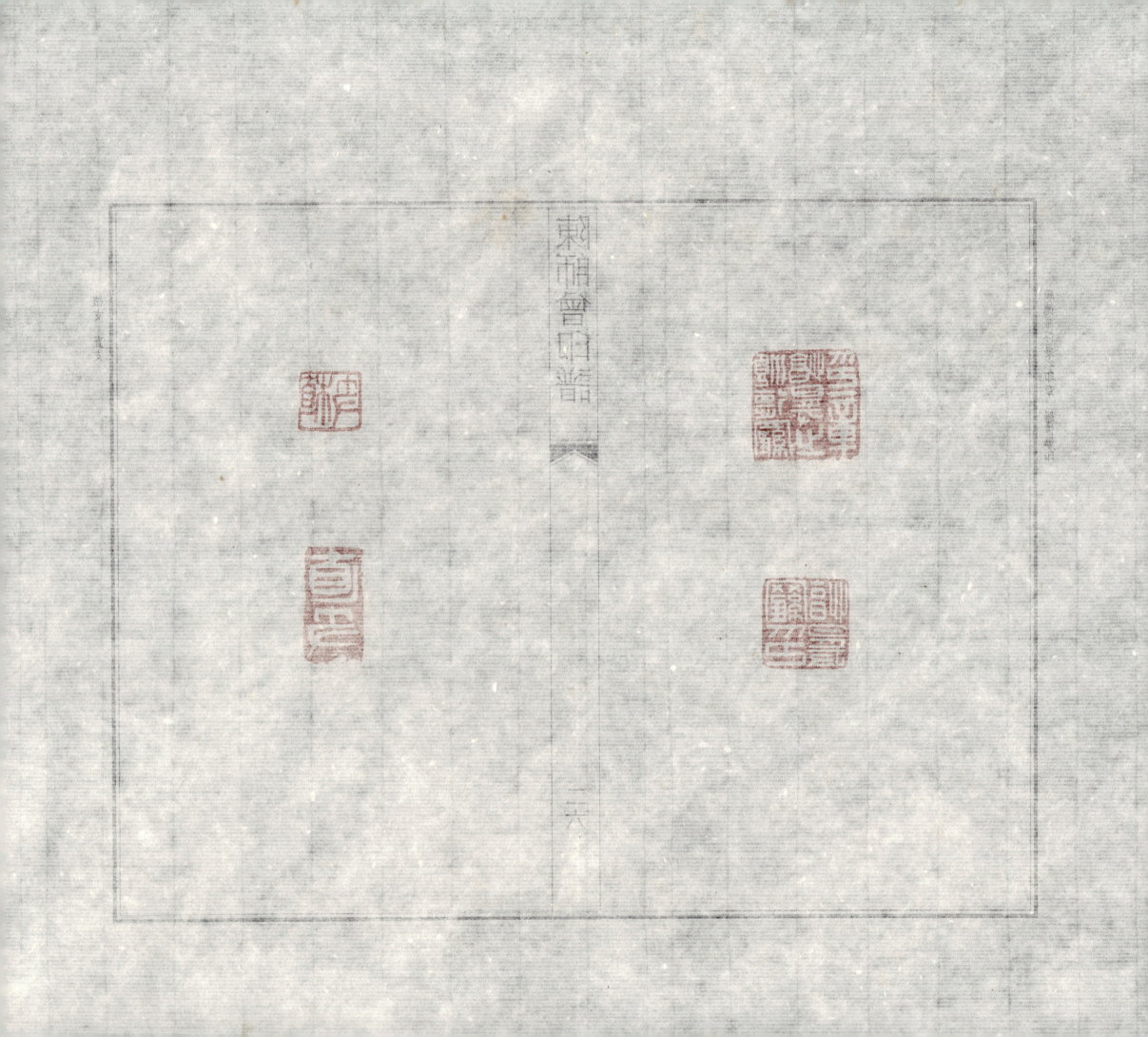

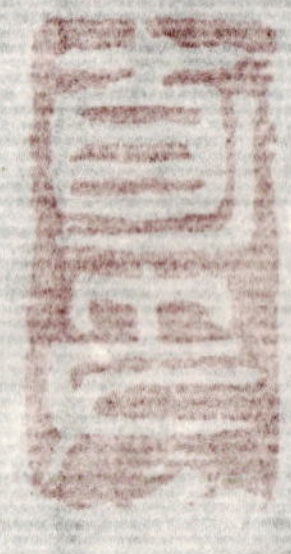

惇㬊　羅氏復堪

羅惇㬊　復盦

東帕曾印譜

復闇所得

復闇四十後所乍（作）

復广臨本

復广

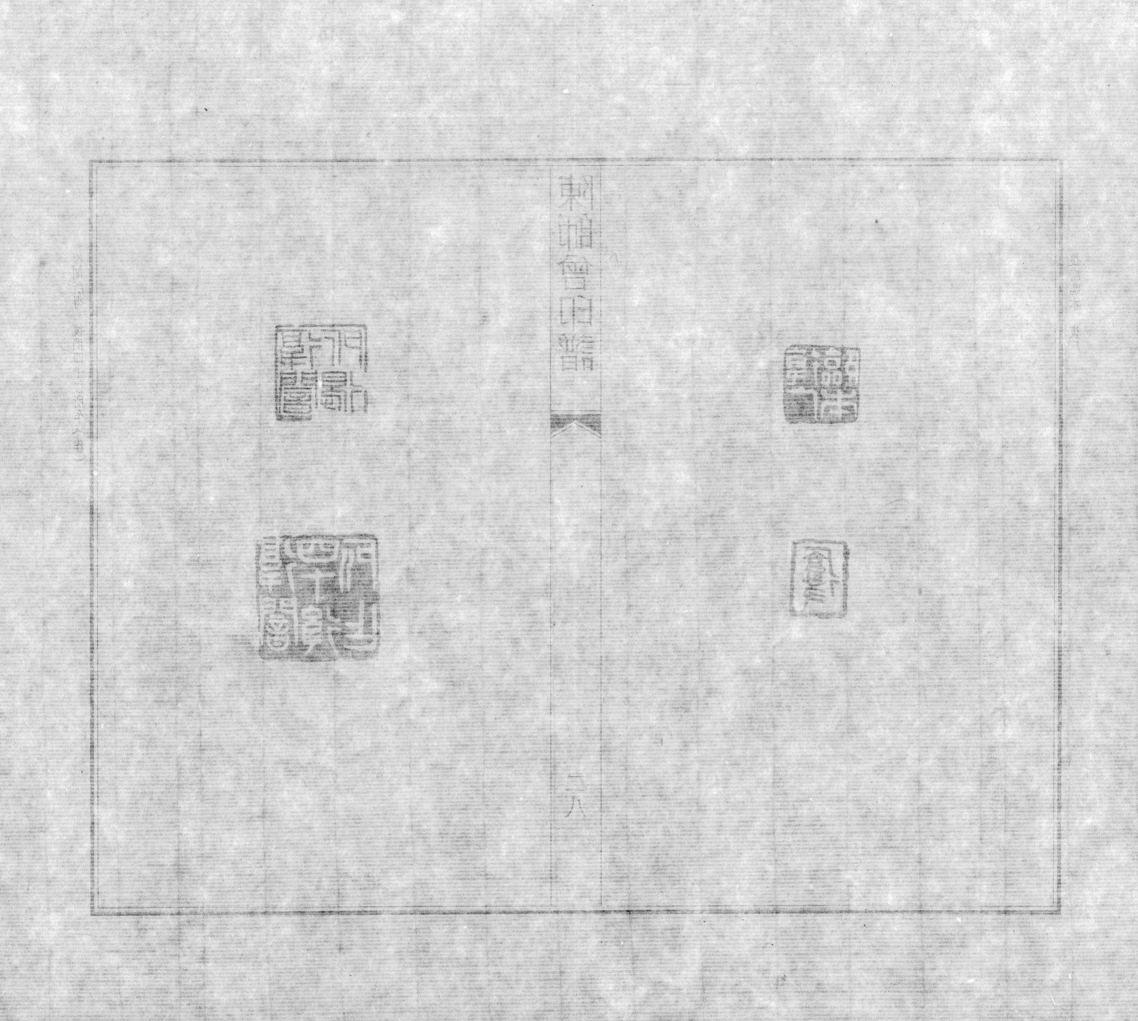

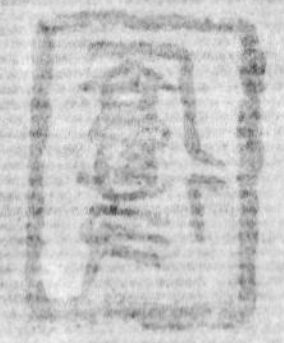

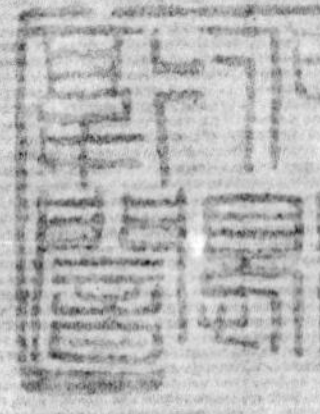

復翁　老復丁

會稽周氏　會稽周氏收藏（藏）

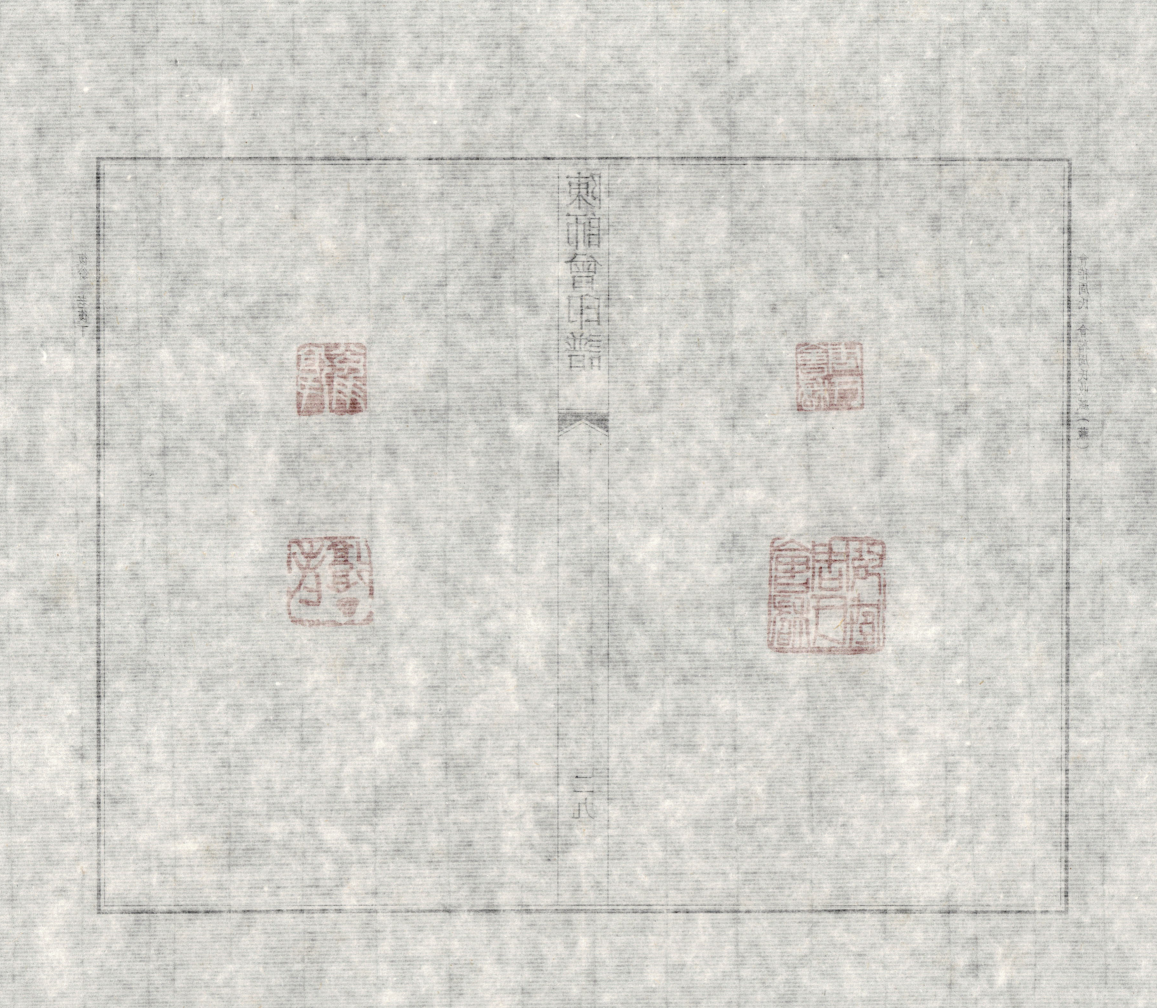

會稽周乃　會稽周乃收藏（藏）

無咎　若石篆十

李息之印

蕭俊賢

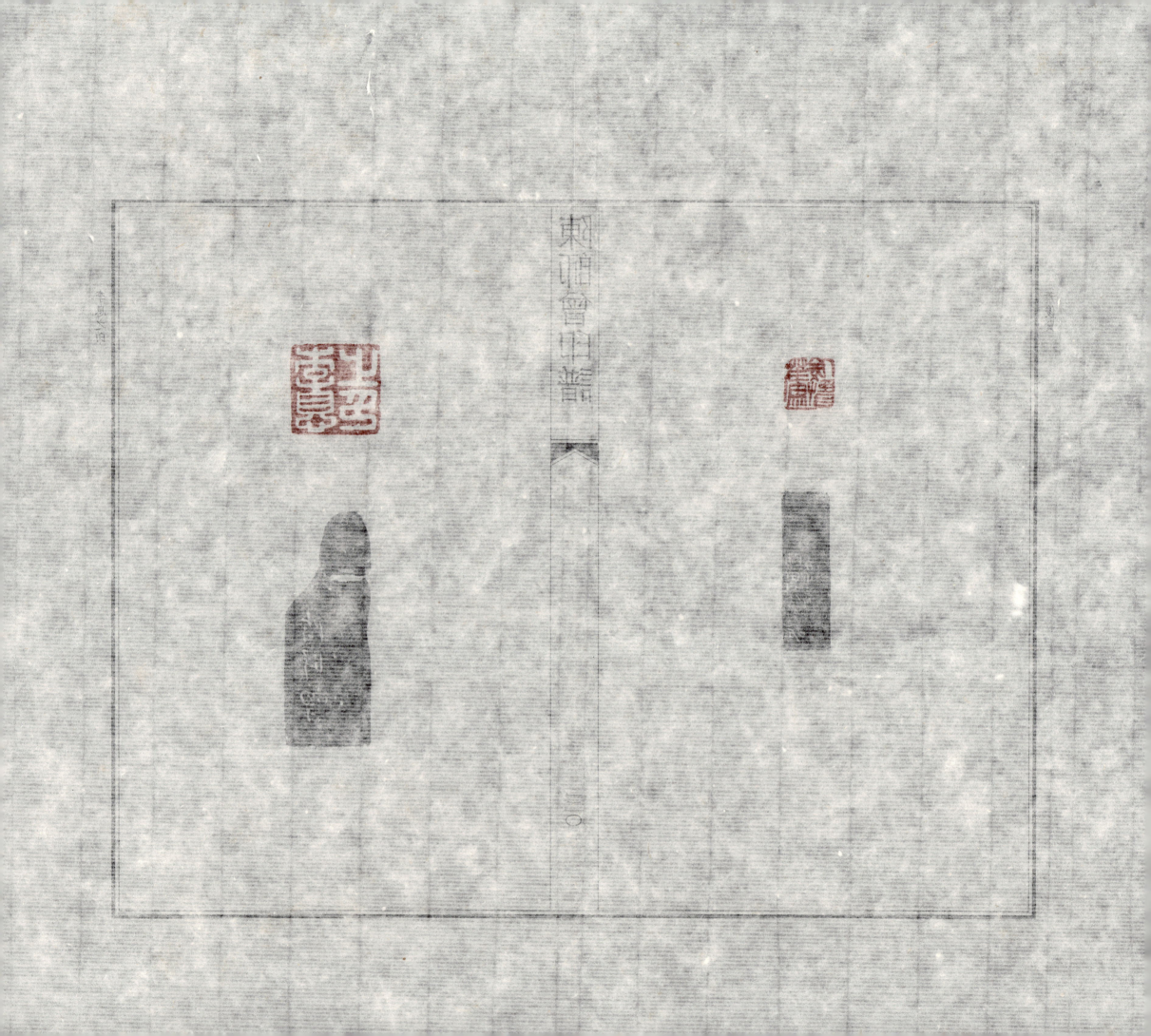

頭白周郎

頭白周郎

湘潭周氏桂堂之圖記

東帕曾印譜

印昆　印昆秘玩

周印昆藏（藏）　印昆宋（審）定

東山曾氏譜

一

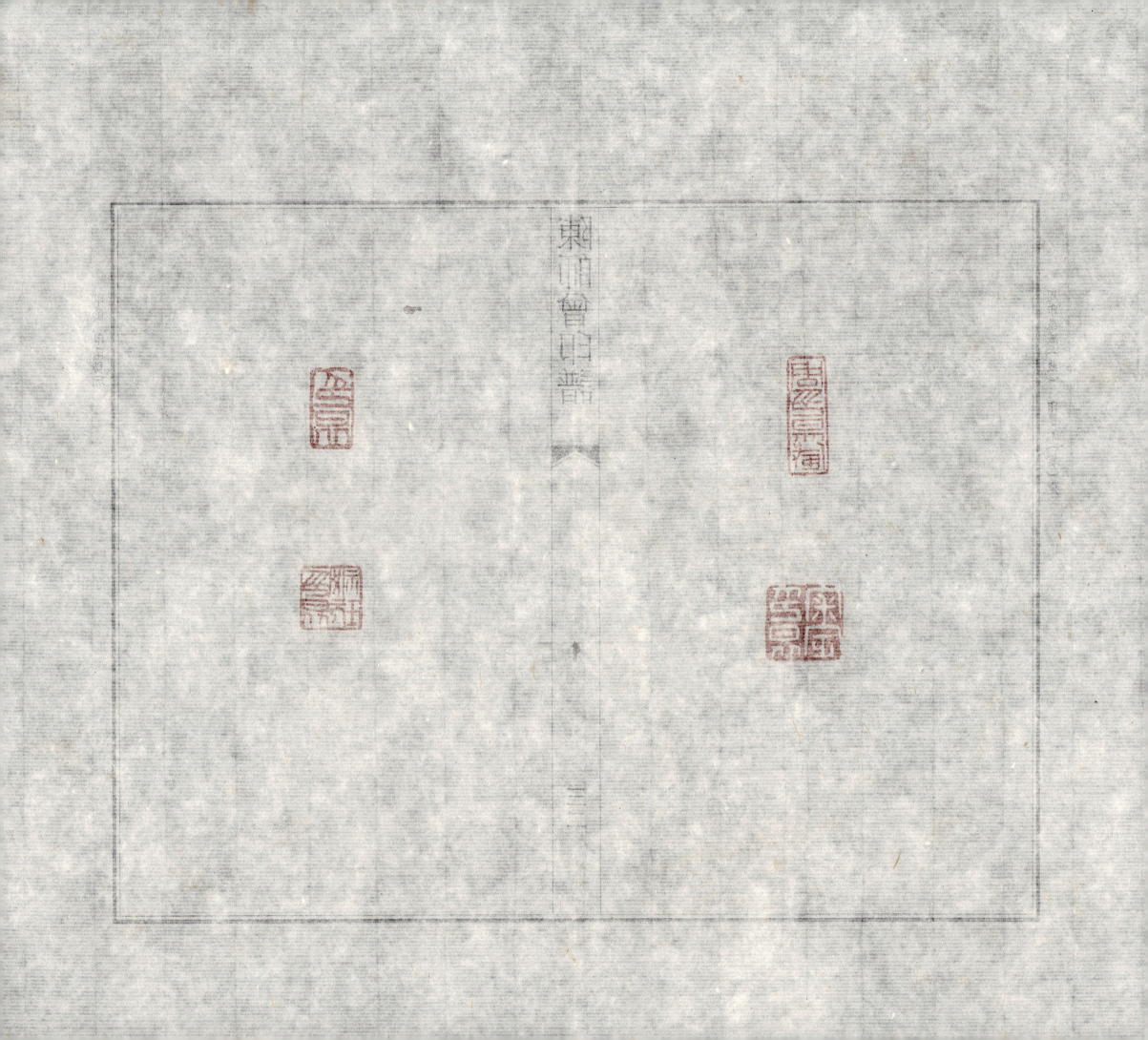

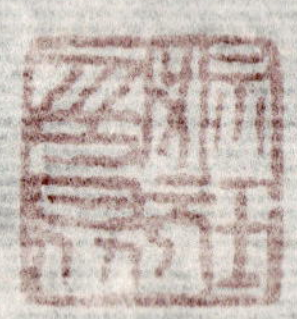

周印昆讀碑記　周氏印昆金石文字

湘潭周印昆鑑賞印　大烈所臧（藏）金石書画（畫）

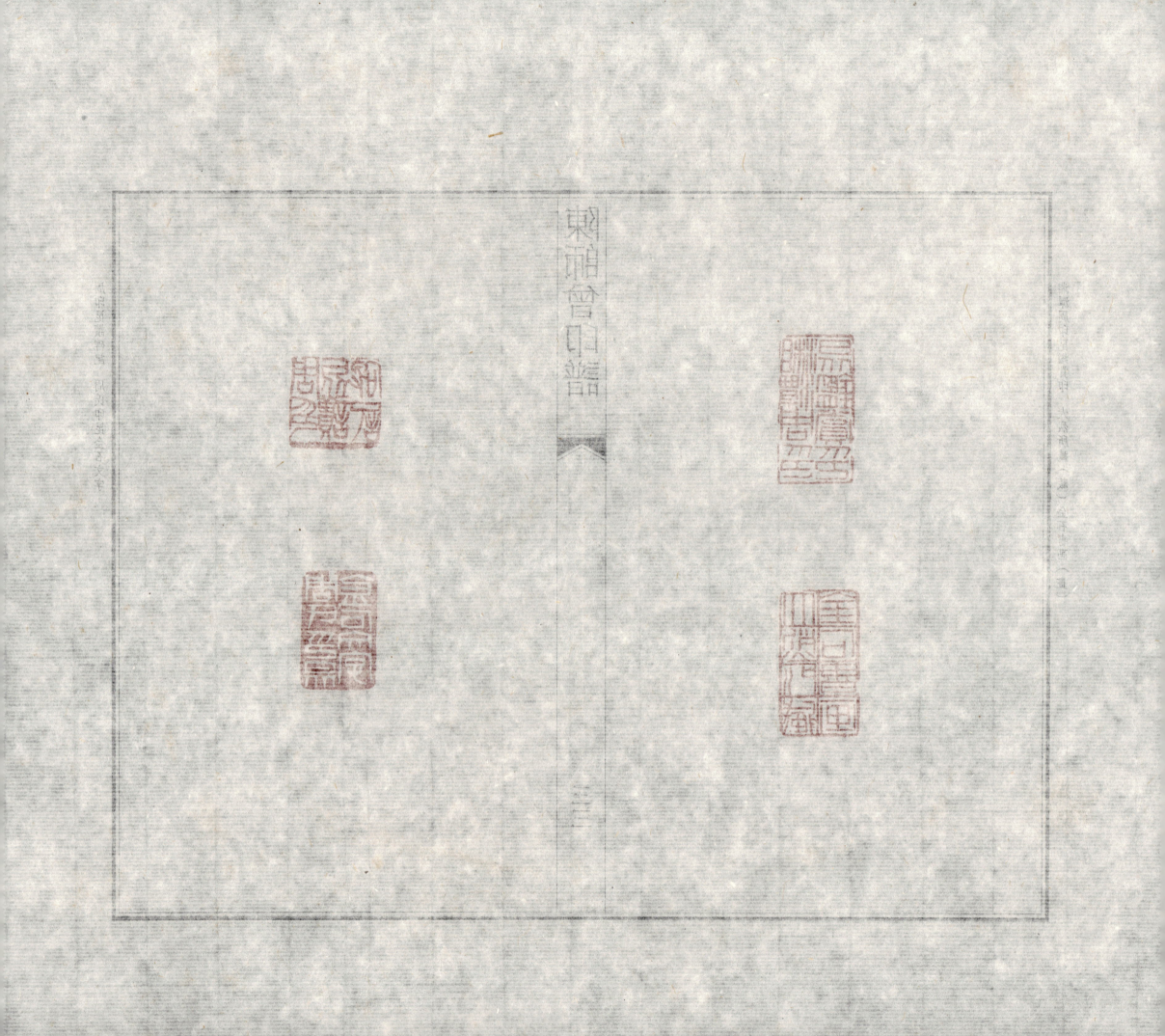

紫陽居士印漫史 小蓬萊（朱） 金石書畫（朱）

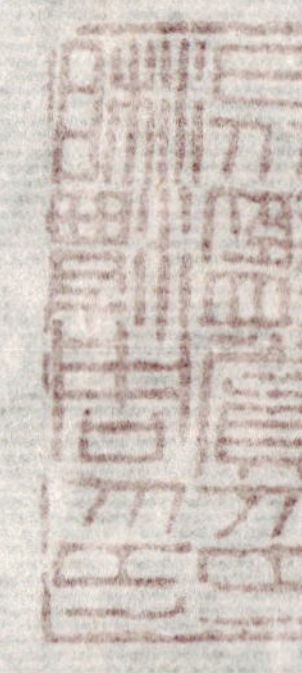

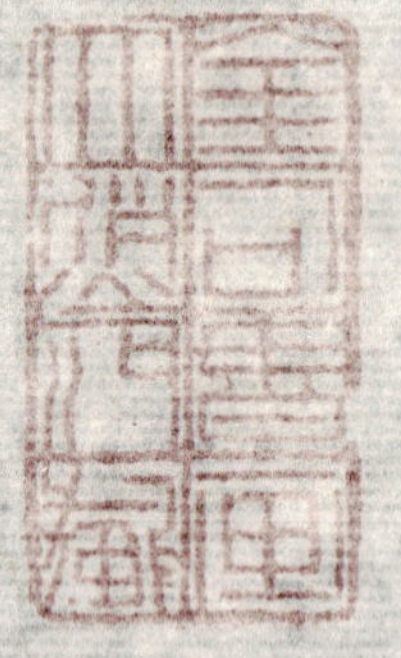

長窓斯緩郢峯 臣又白冲申全白文印

周大烈所臧（藏）金石刻辤（辭）

周大烈印　周大烈字印昆

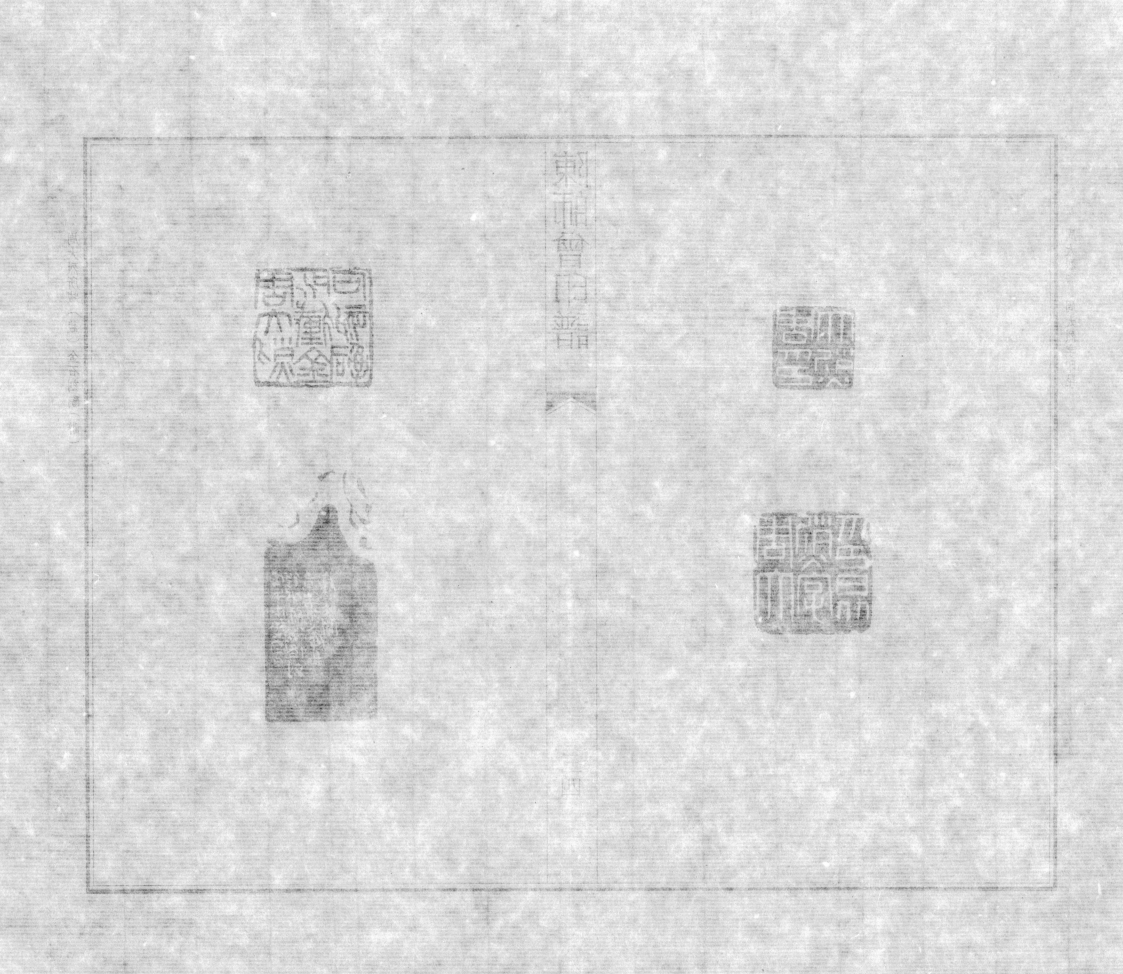

周氏大烈　周氏大烈

大烈之印　湘潭周氏

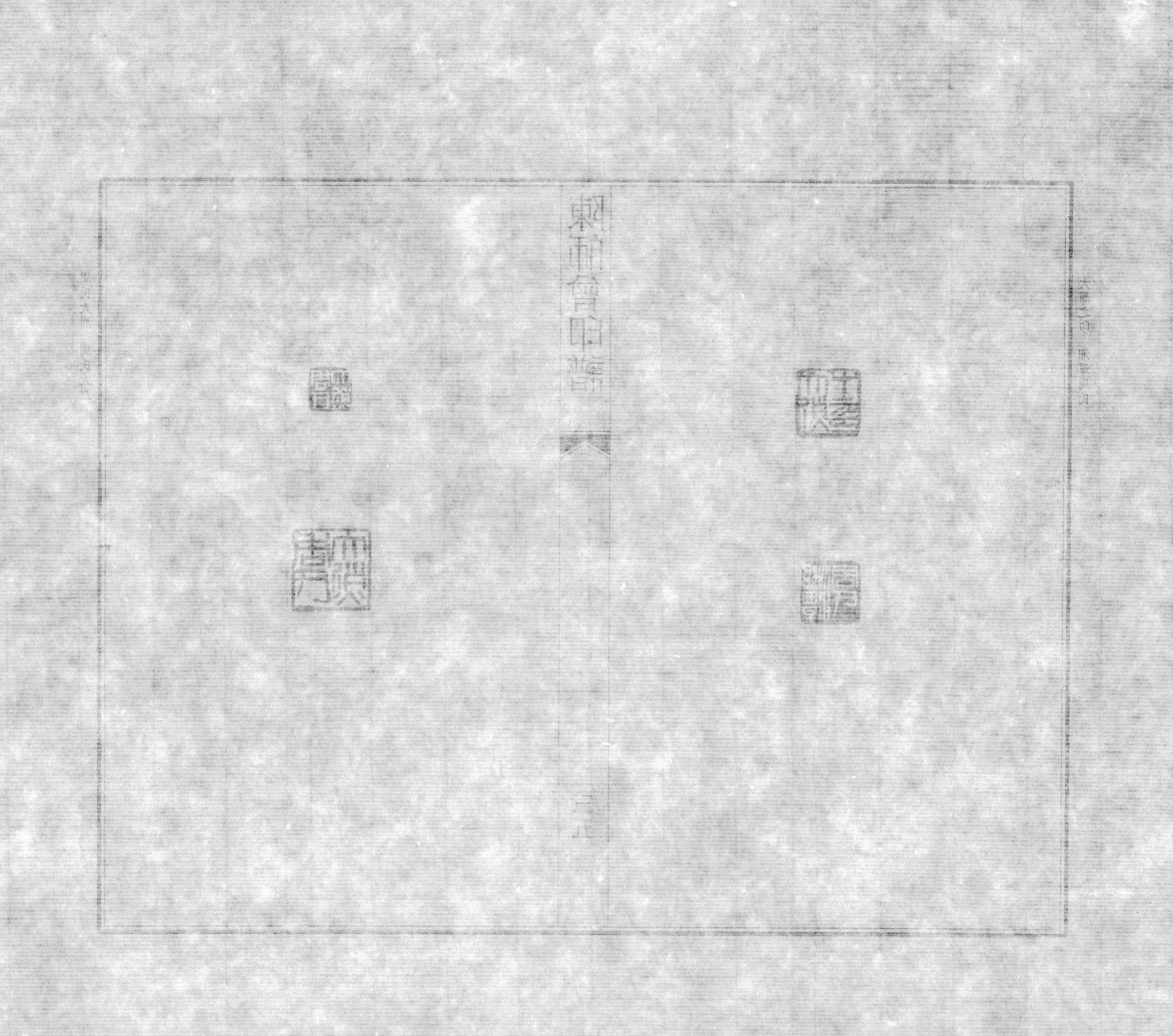

某（梅）未

某（梅）未長壽

豫章陳氏

修水陳人

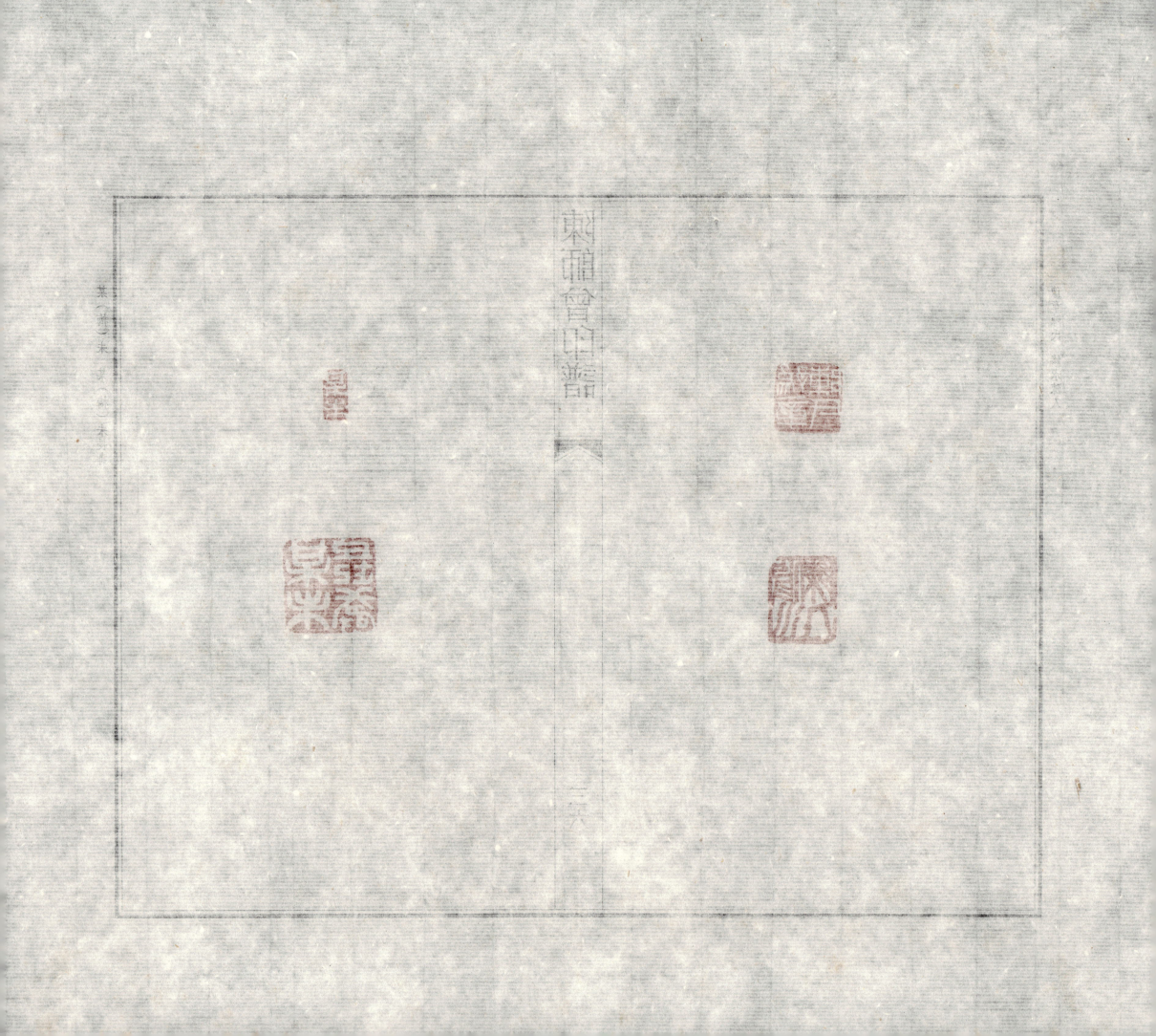

感靈嬀以受姓

陳慶佑印

陳任中印

散原

陳三立印

陳三立印

三立

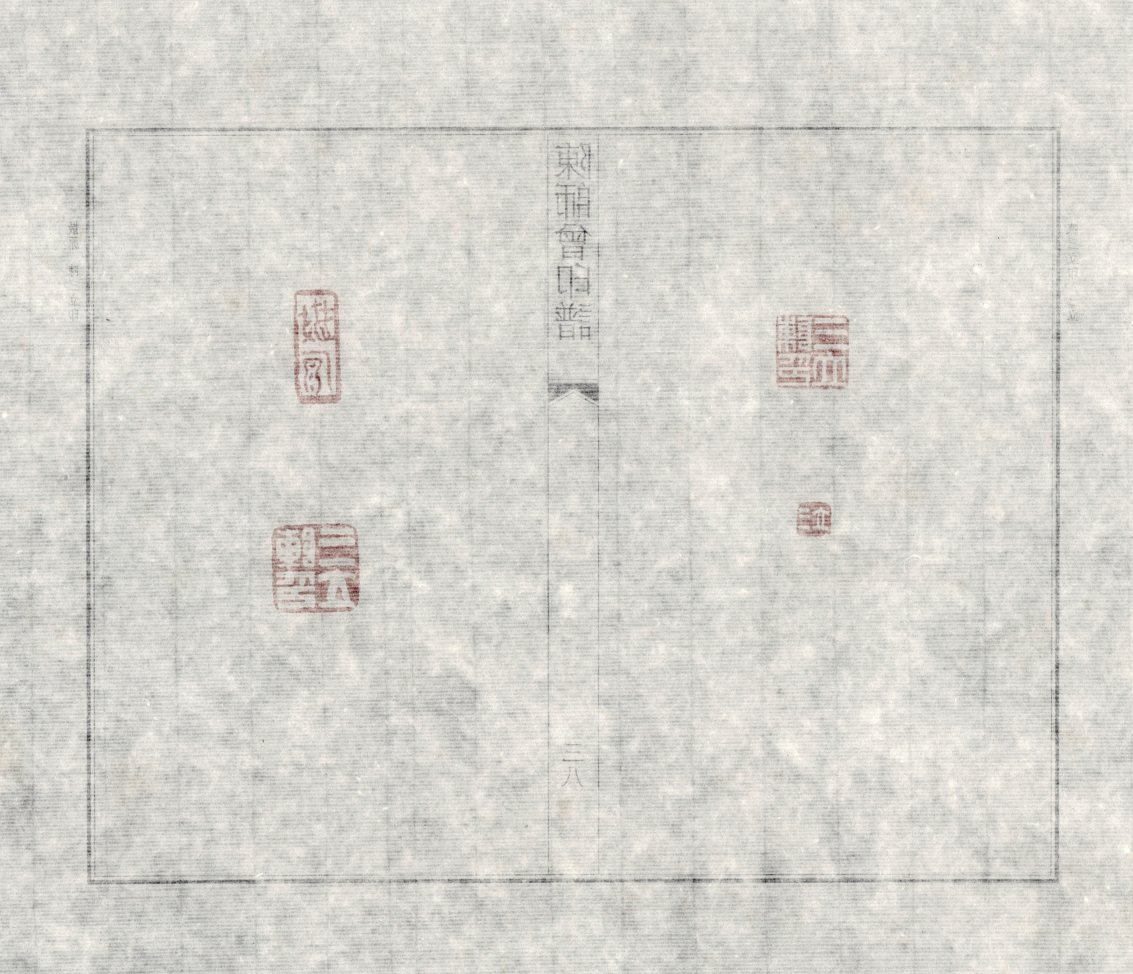

陳歹（朽）　歹（朽）記

陳歹（朽）

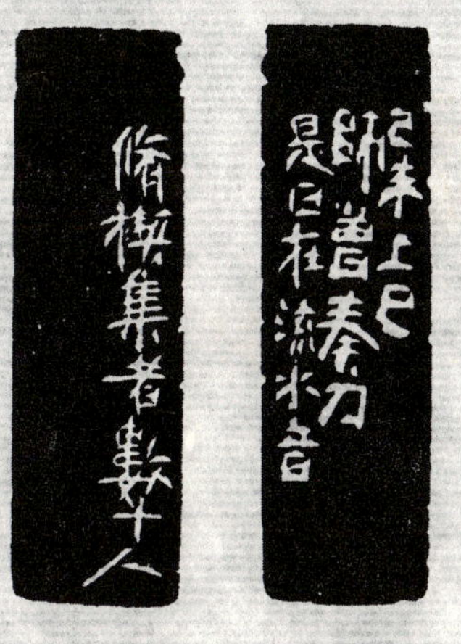

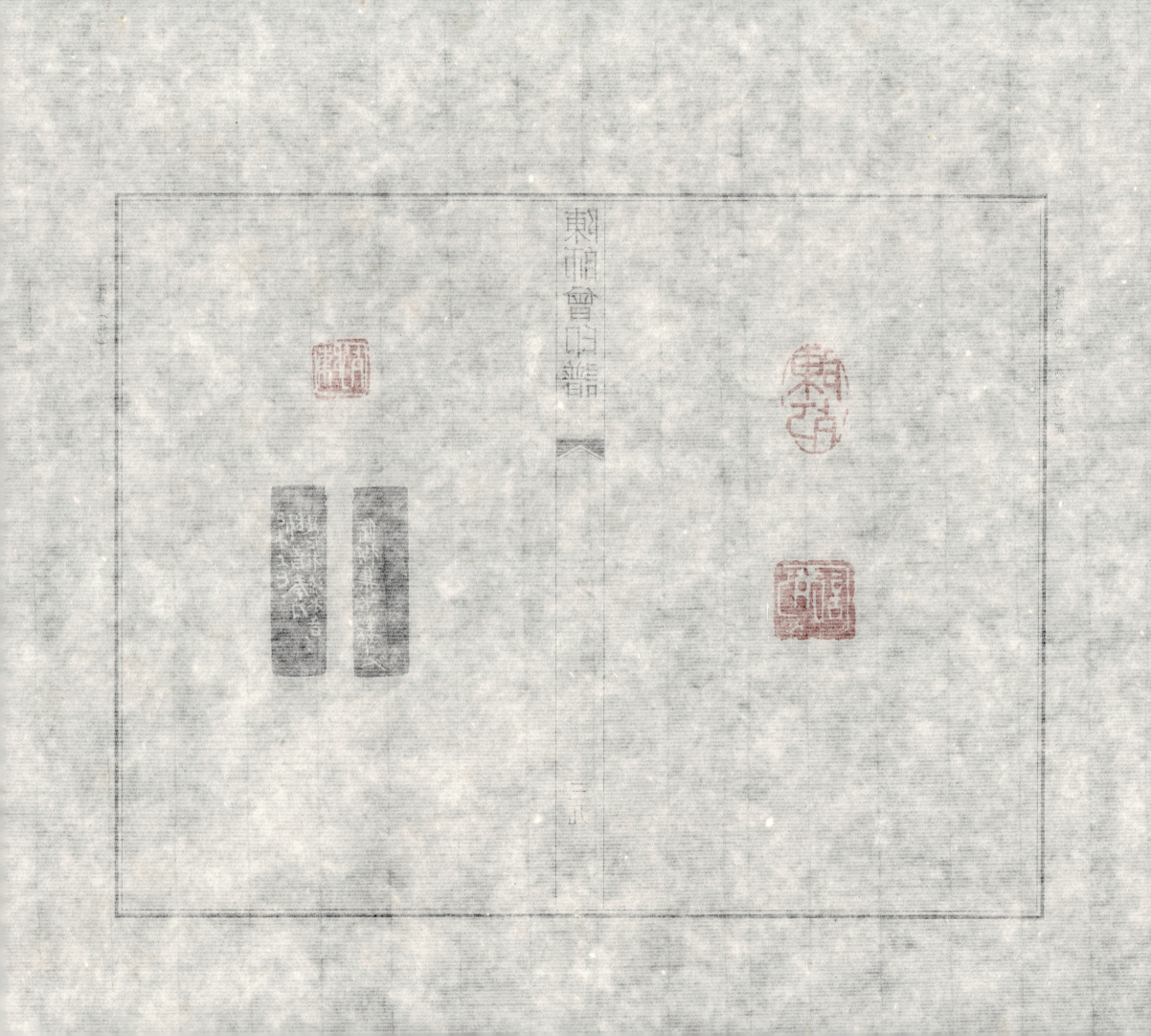

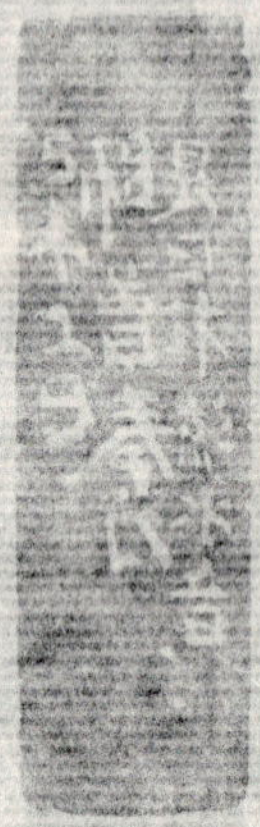

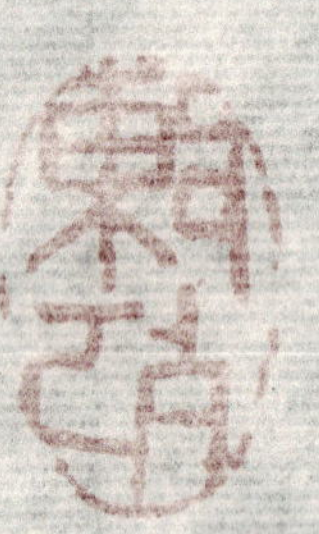

歹（朽）者

槐堂歹（朽）者

歹（朽）者

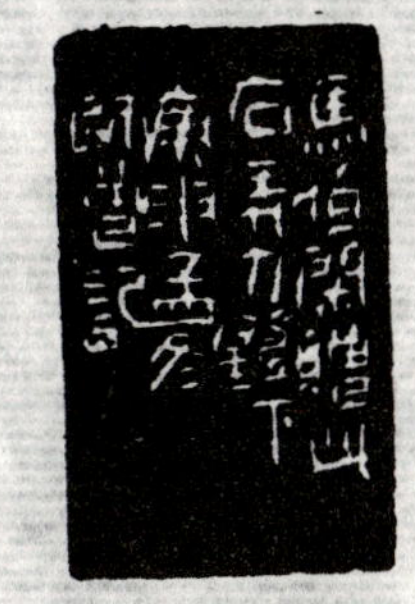

𣦼（朽）者 𣦼（朽）

𣦼（朽）道人 𣦼（朽）衜（道）人

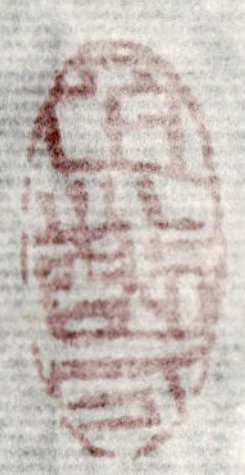

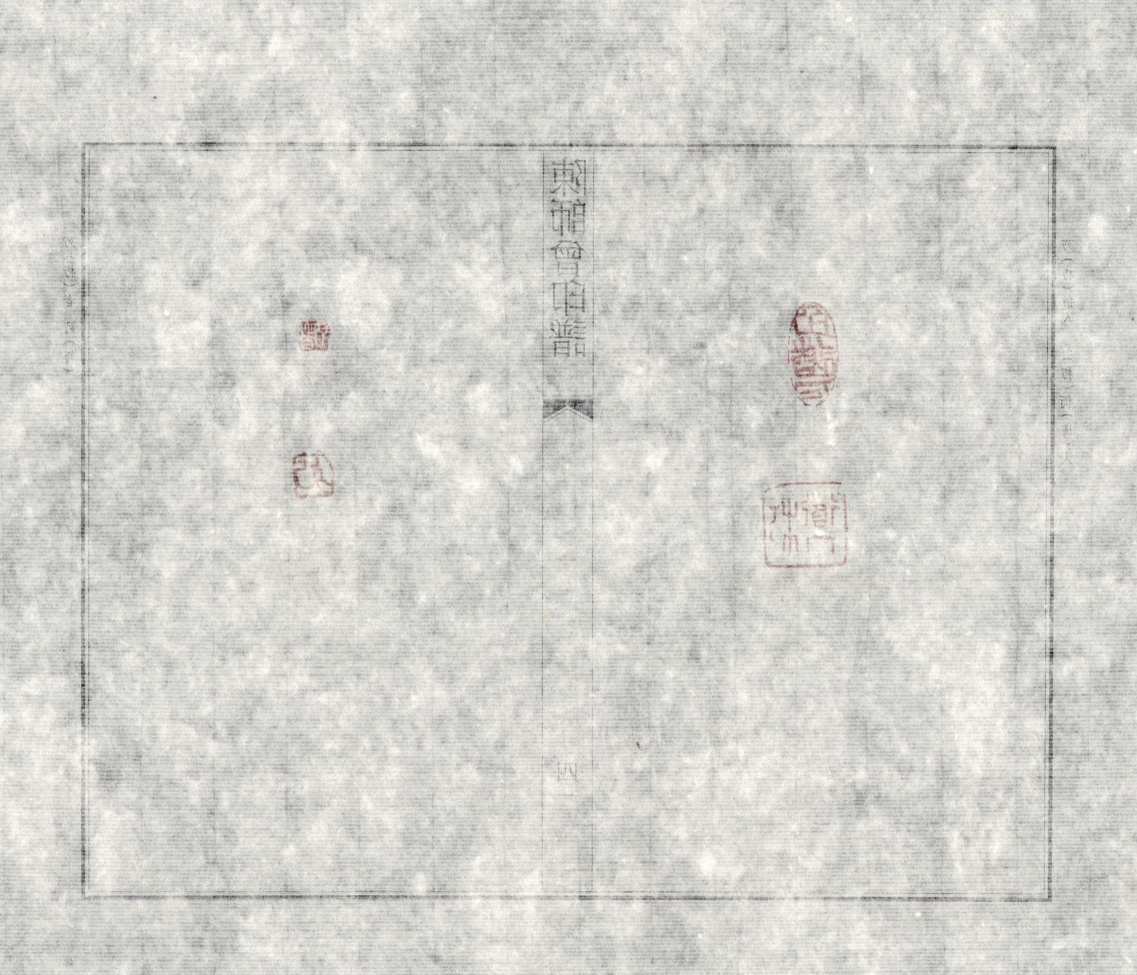

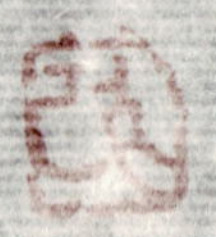

歹(朽)道人

歹(朽)衍(道)人

歹(朽)衜(道)人

師曾自號歹(朽)

義寧陳衡恪之印章

衡

衡

陳衡恪字師曾

陳衡恪　陳衡恪

修水陳衡恪　陳衡恪

陳衡恪印

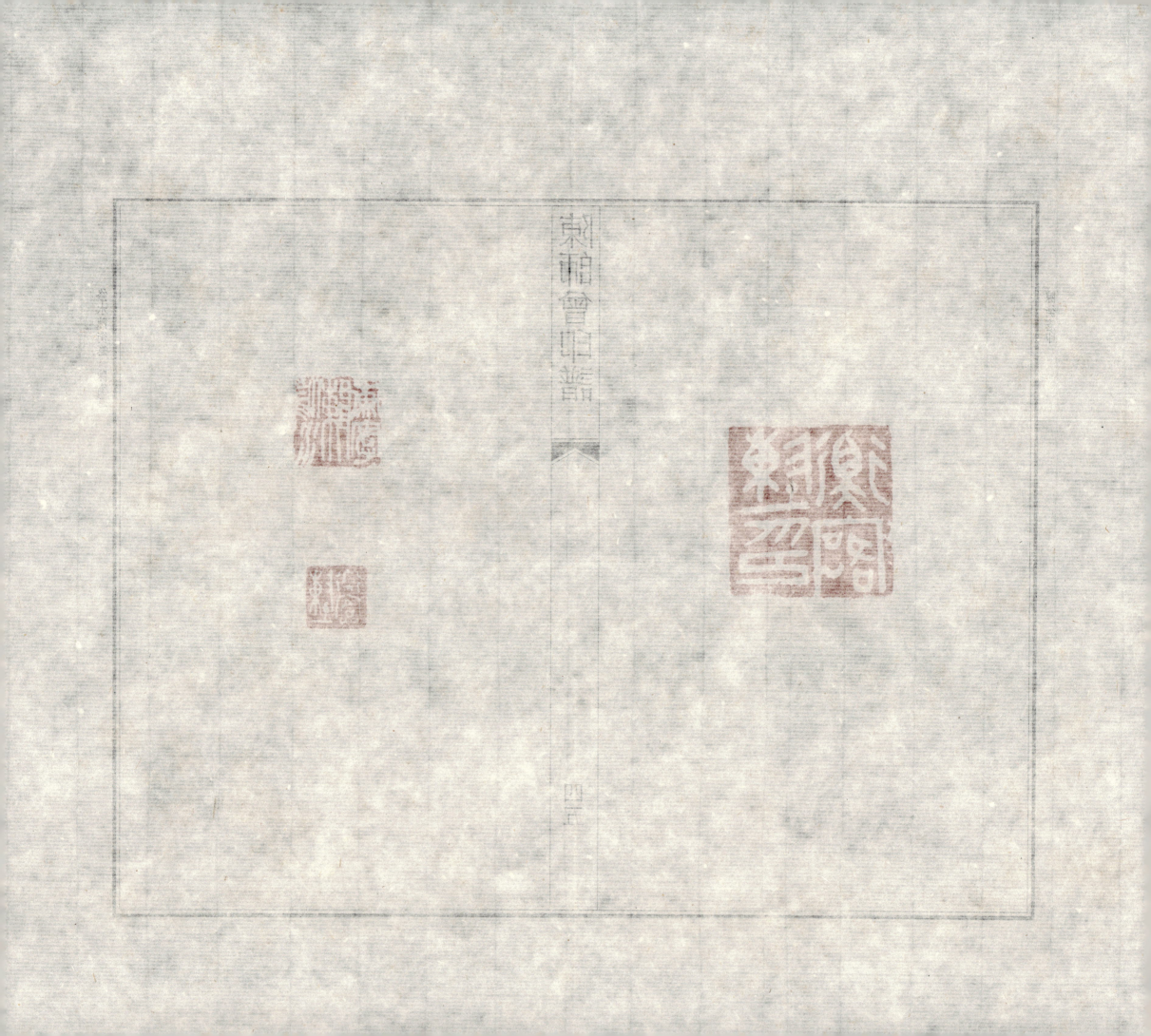

陳衡恪印　陳衡恪印

陳衡恪印　陳衡恪印

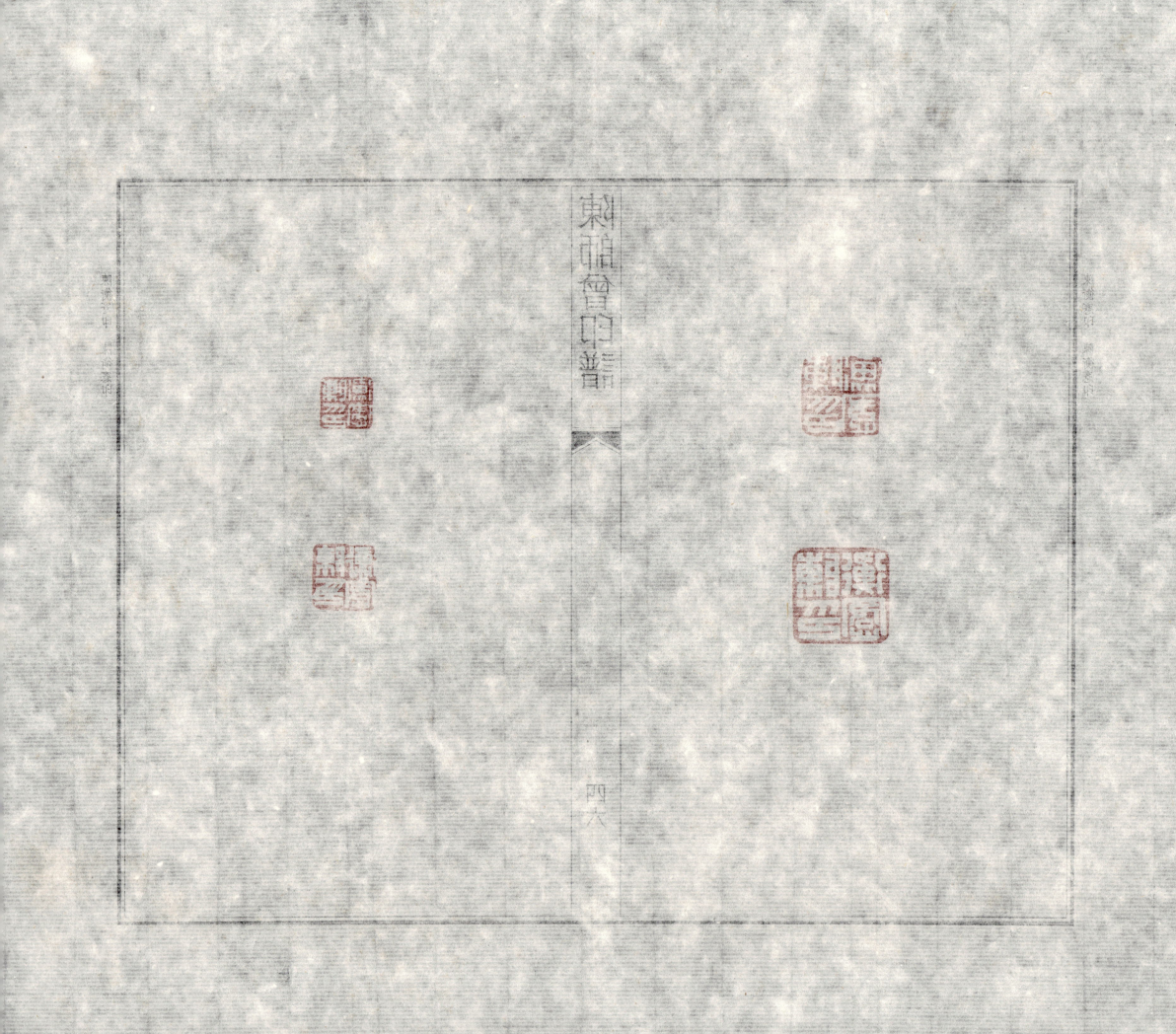

陳衡悫印

陳衡悫印

衡悫

衡客之印

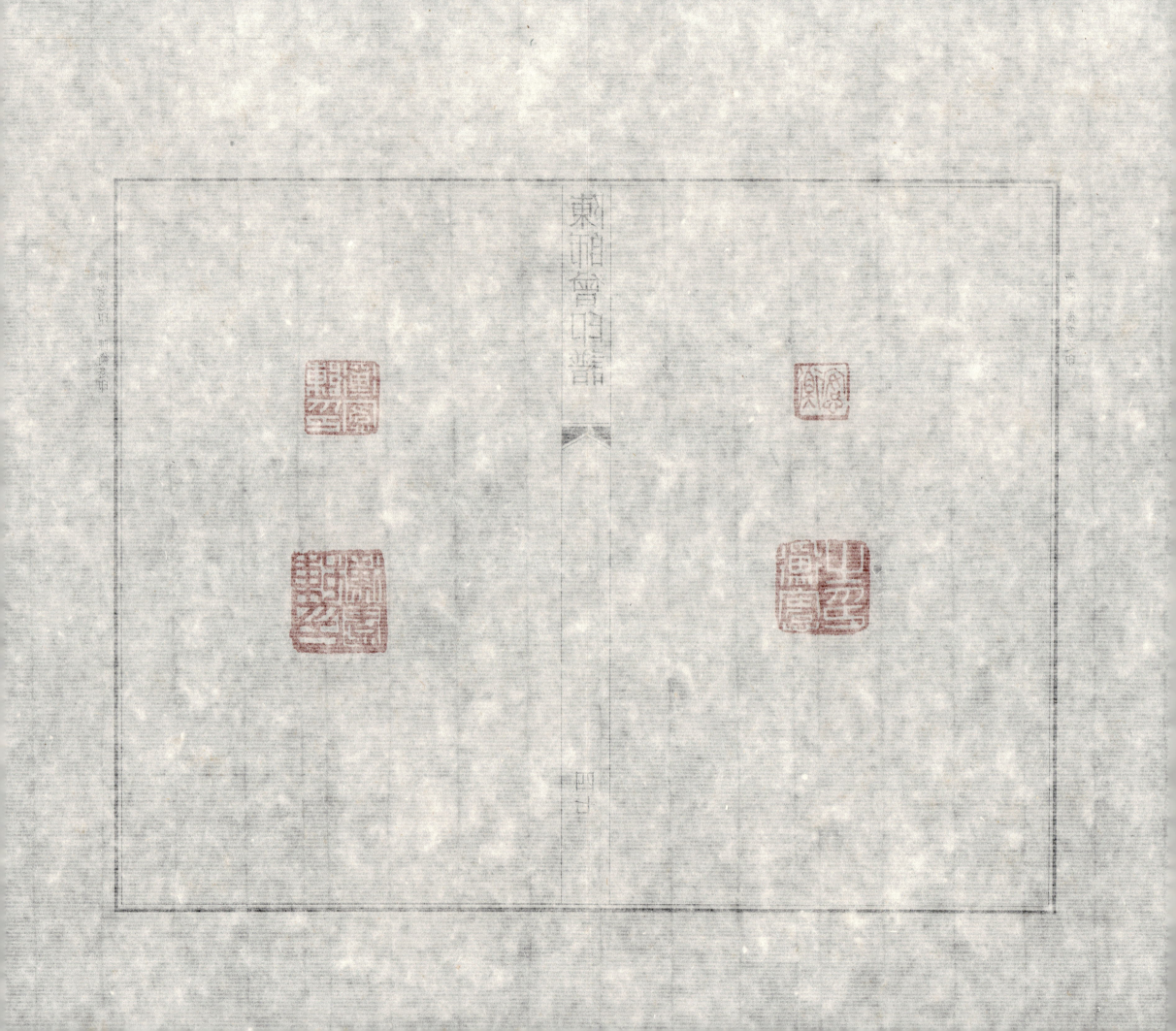

衡愙之印　衡愙私印

陳衡之印　義寧陳衡章

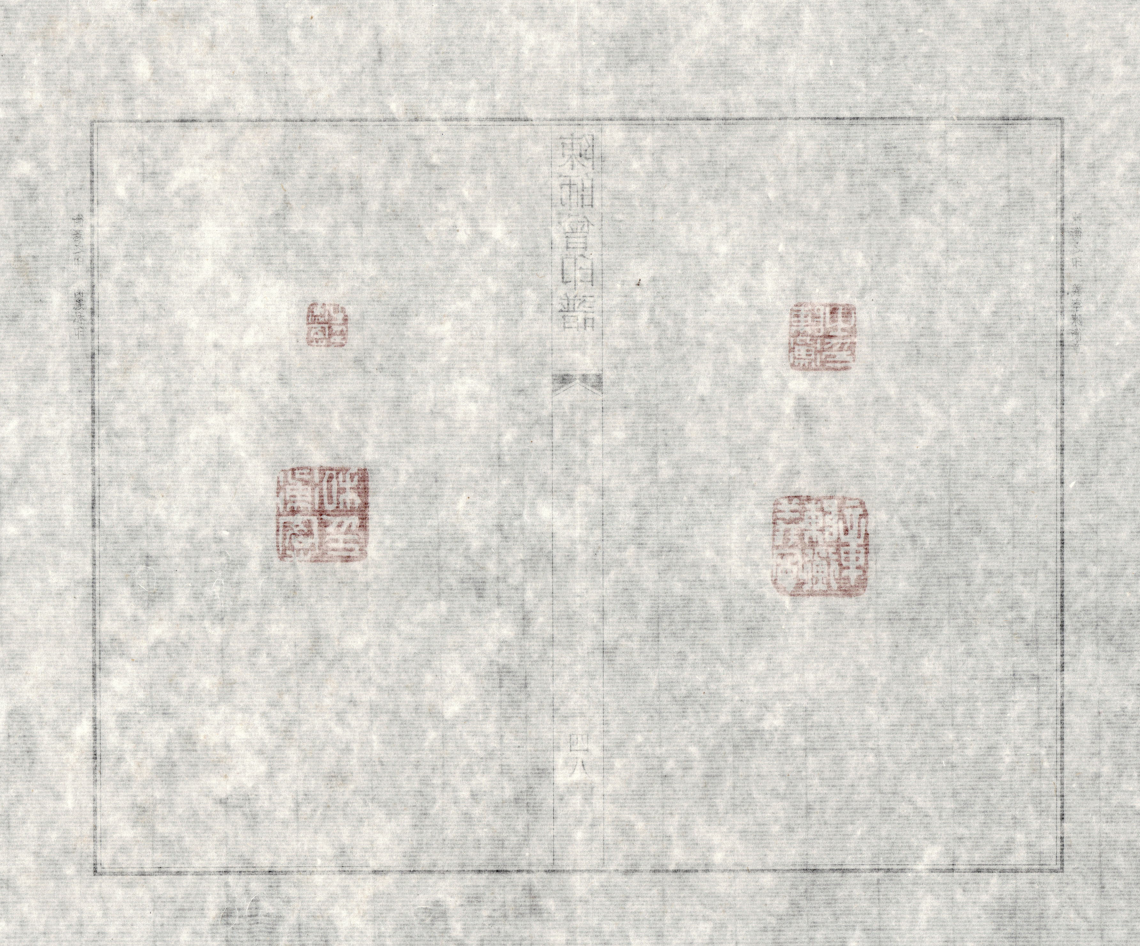

陳衡大利　客子常畏人

陳師曾　陳師曾

東湖曾　東湖曾

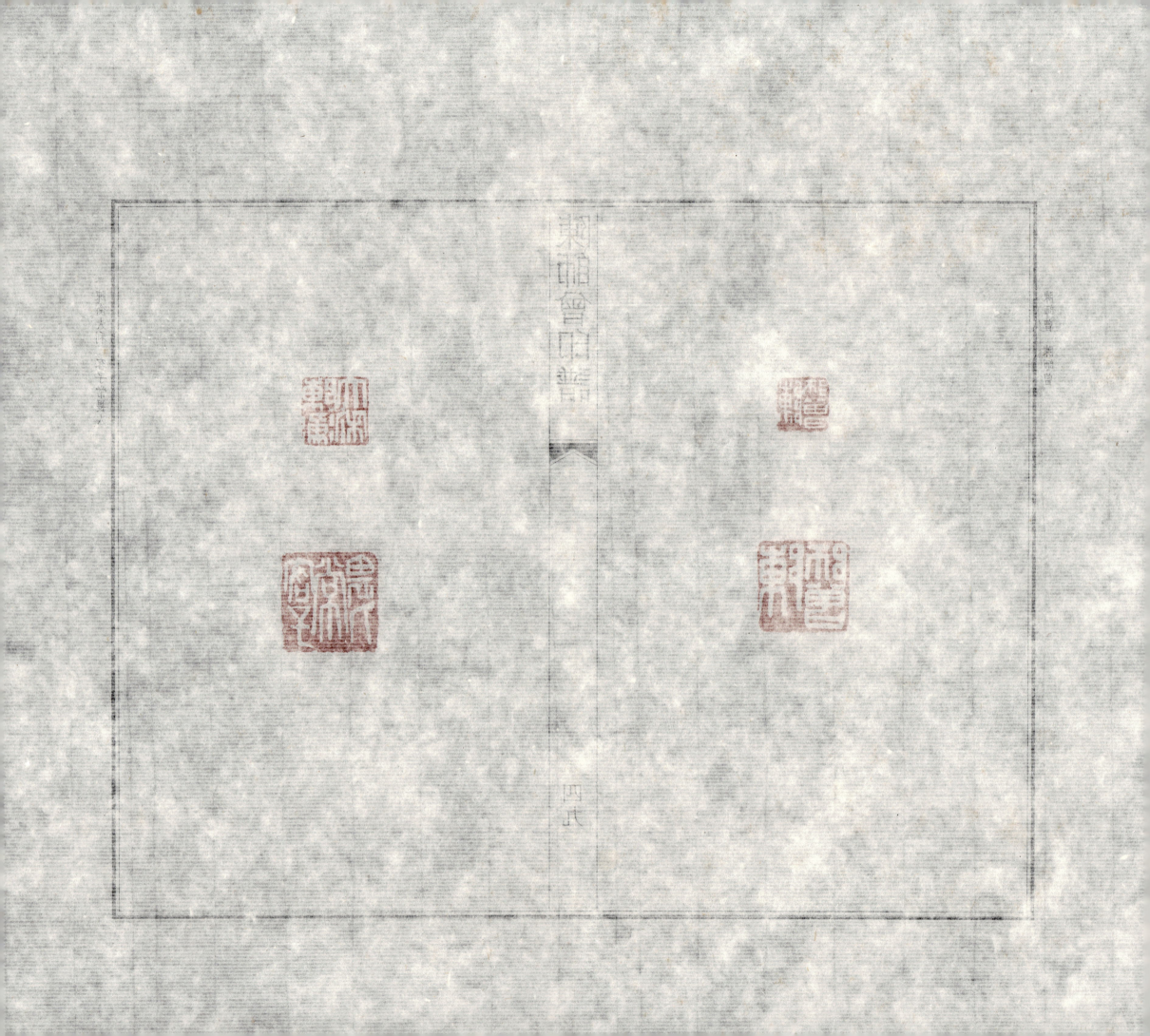

東湖大傳　陳子翰印

師子尊者　師子獨行

師曾无（無）恙　師曾過眼

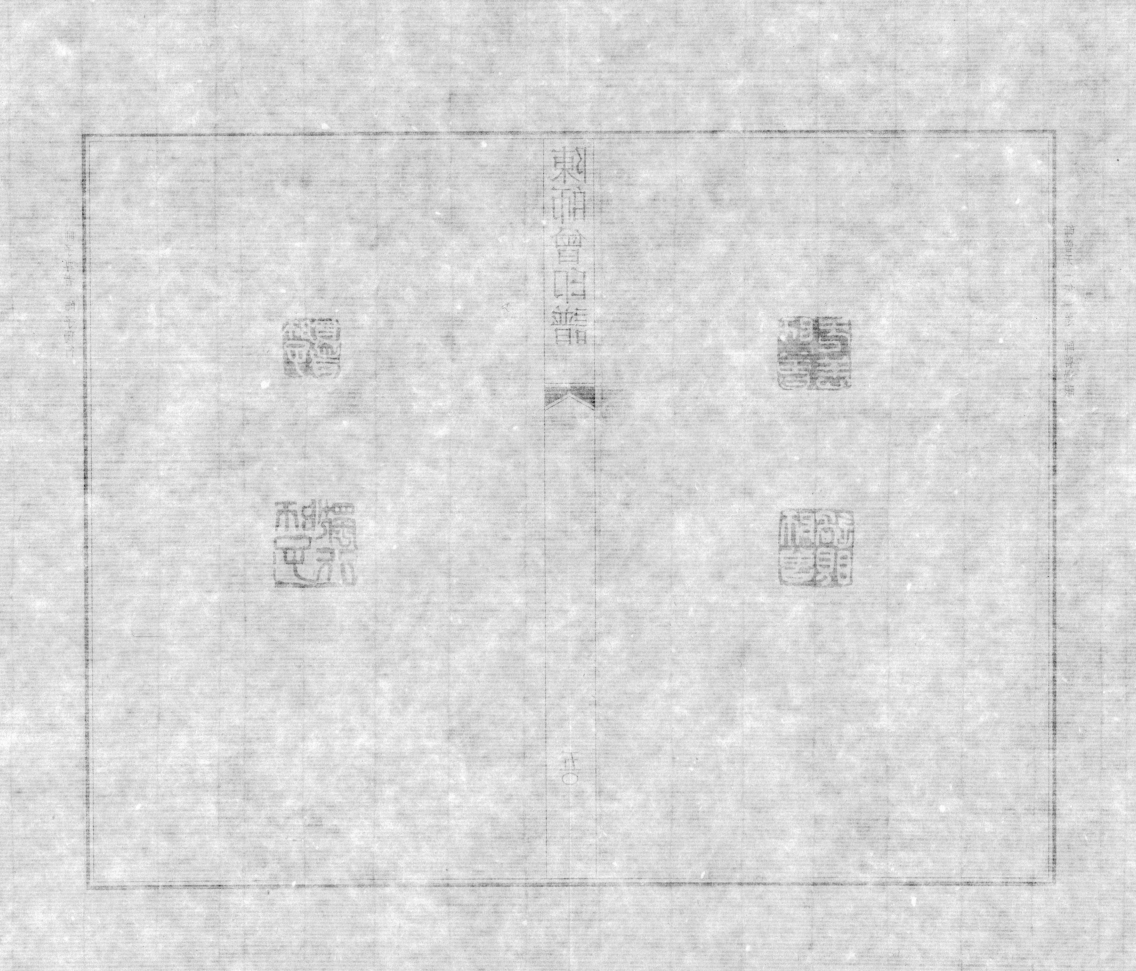

師曾近況

師曾畫佛之記

陳師曾所臧（藏）金石書画（畫）

師曾長年

陳師曾辛亥目後之乍（作）

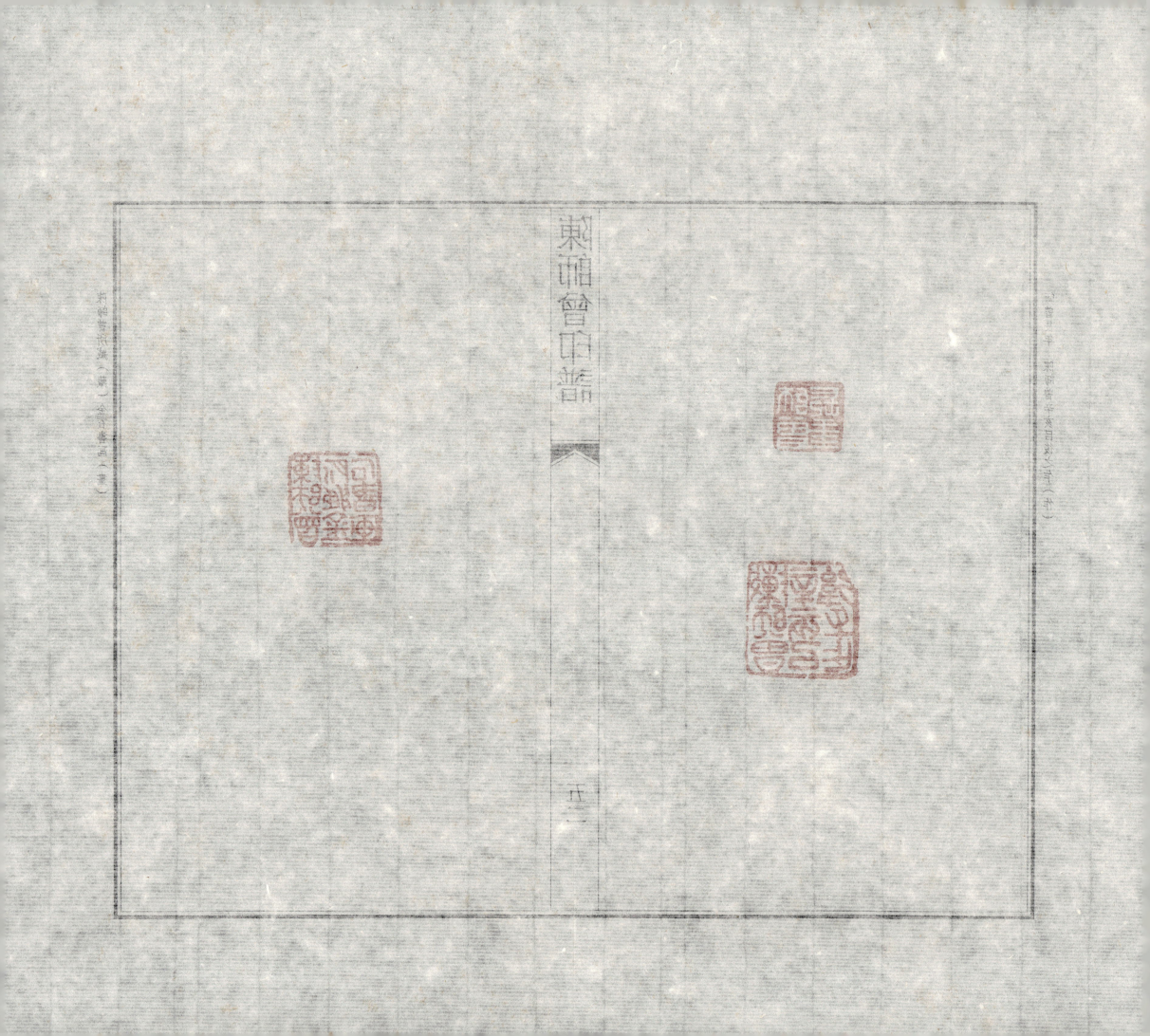

辛酉三年　東湖會中人西泠後人作（名）

東湖會所藏（藏）金石書畫（書）

師曾

師曾小詩

師曾

稻曾

稻曾　稻曾小鈢

陳迹

師曾

師曾

師

東坡會白書

五四

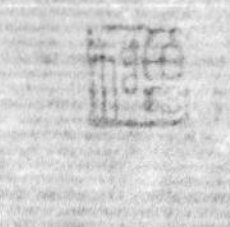

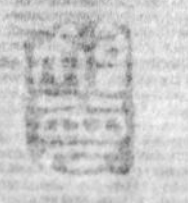

師曾

𠂤（師）曾

師曾

師曾

宋相曾中書

師曾
師曾

師曾
師曾

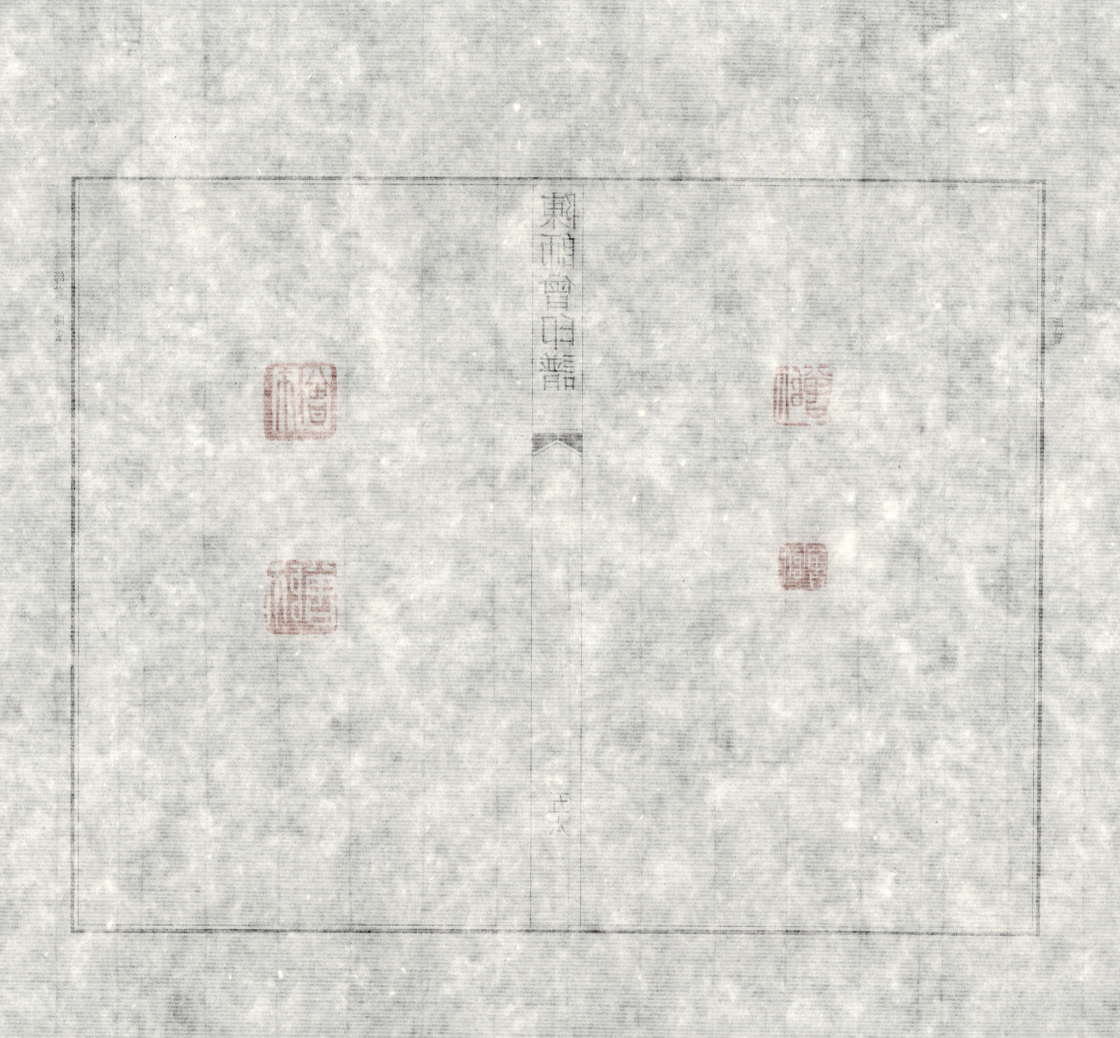

師曾

師曾

師曾

師曾

師曾　師曾

師曾　師曾之友

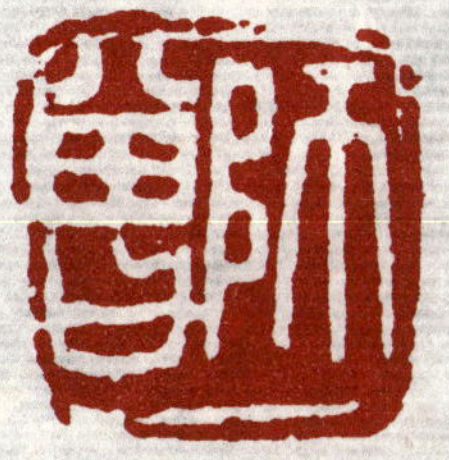

東湖曾伯譜

師曾

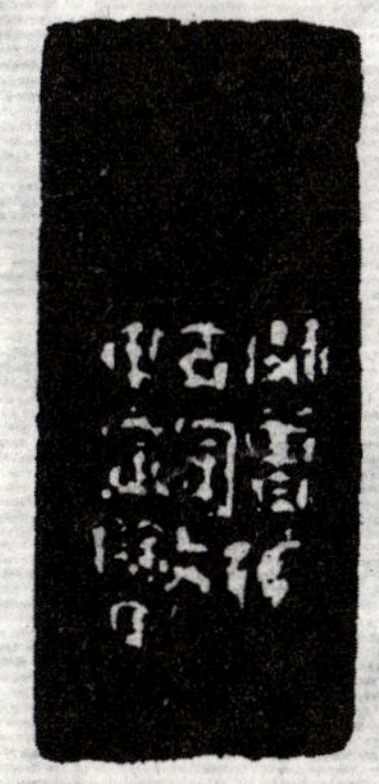

師曾

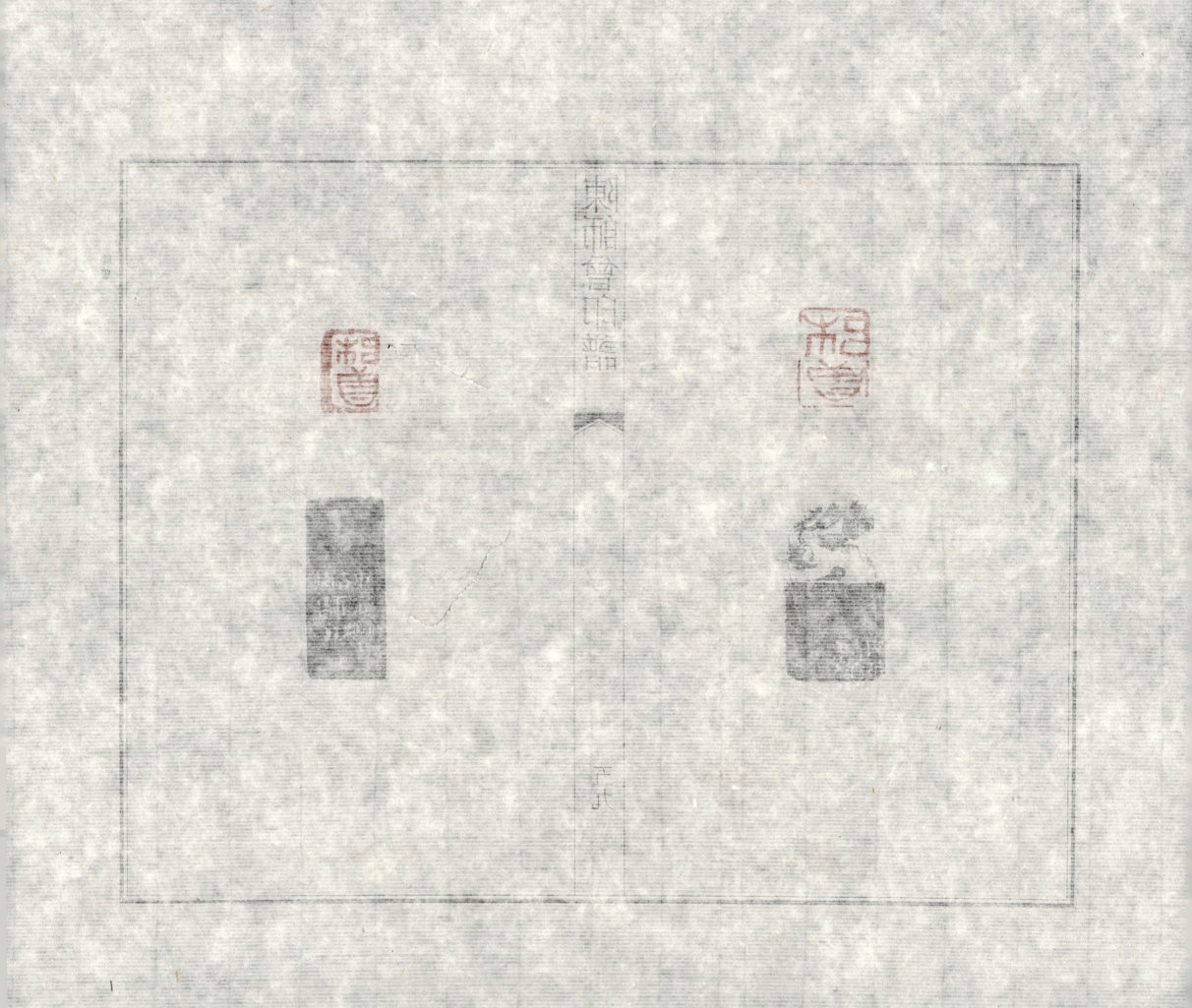

師曾

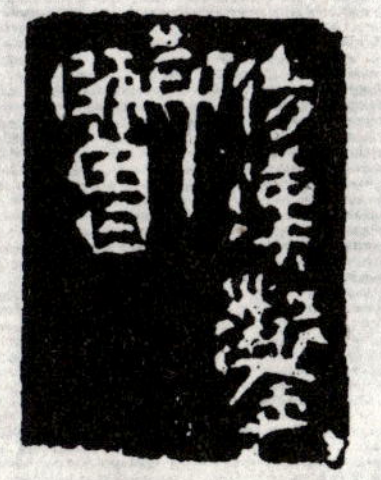

師曾

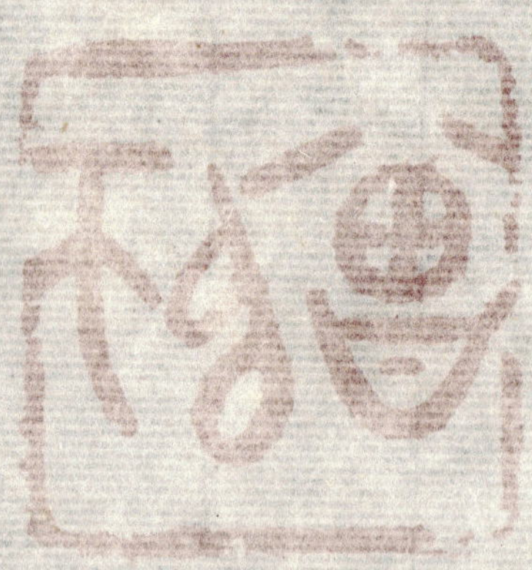

图书在版编目(CIP)数据

陈师曾印谱/任彤，周晓陆编释.—北京：中国书店出版社，2006.10
ISBN7-80663-367-7
Ⅰ.陈...Ⅱ.①任...②周...Ⅲ.汉字-印谱-中国-近代
Ⅳ.J292.42
中国版本图书馆CIP数据核字（2006）第057900号

陈师曾印谱

任彤 周晓陆 编释
责任编辑 陈连琦
出版 中国书店
地址 北京市宣武区琉璃厂东街一一五号
邮编 100050
电话 010-63150310
发行 全国新华书店经销
印刷 杭州萧山古籍印务有限公司
版次 二○○七年一月第一版第一次印刷
书号 ISBN7-80663-367-7/J·382
定价 330.00元

ISBN 7-80663-367-7